Carmen Bramly

TOUT EST CHAOS

Les Presses de la Cité

Ce livre est une œuvre de fiction. Les noms, les personnages, les lieux et les événements sont le fruit de l'imagination de l'auteur ou sont utilisés fictivement. Toute ressemblance avec des personnes réelles, vivantes ou mortes, serait pure coïncidence.

Les Presses de la Cité, un département Place des Éditeurs
92, avenue de France – 75013 Paris

ISBN 978-2-258-20995-4
Dépôt légal : janvier 2025

Pour Charles

In girum imus nocte ecce et consumimur igni[1].

Attribué à Virgile

1. Nous tournoyons dans la nuit, et nous voilà consumés par le feu.

Balance karmique

Travailler dans une agence de publicité me fait perdre en moyenne huit points de karma par jour.

Pour rééquilibrer la balance karmique, je ne dis du mal de personne. Je tiens la porte. Je souris. Je dis bonjour et merci. Je réponds poliment lorsqu'on me harcèle pour suivre une formation gratuite. Je prends régulièrement des nouvelles de mes amis. Je donne toujours un petit quelque chose aux nécessiteux lorsqu'ils me tendent la main. Je vote à gauche. Je suis tendre. J'accorde de l'attention aux garçons timides. Je ne fais plus mes courses que dans des coopératives biologiques et j'achète des légumes de saison. Je n'esquive pas les bénévoles des Halles. Je regarde du porno éthique et féministe. Je ne me fâche pas. J'appelle mes grands-parents tous les jeudis. Je donne de l'amour. J'offre mes vieux vêtements à la Croix-Rouge. J'accueille les ténébreux, les veufs, les inconsolés, les princes noirs à cuisses et à bras ouverts. J'ai même brièvement parrainé une loutre et je fais en sorte que tous ceux qui me parlent se sentent écoutés. Je suis une fille bien.

Mon inconnu du soir éclate de rire sans savoir que ce discours, je ne viens pas de l'inventer. Je l'ai déjà tenu à une foule d'autres inconnus du soir, rencontrés au hasard d'un glissement de doigt sur une application de rencontre. La première fois que je l'ai prononcé, il manquait encore quelques bonnes actions à ma liste, mais cela n'a pas empêché Benjamin Esposito, mon cher mystagogue, d'esquisser un sourire. Mes parents n'ont pas trouvé cela très drôle, mon amie Sophie m'a dit que j'étais folle, un copain m'a suggéré de me lancer dans le stand-up, un autre n'a pas compris l'ironie de la chose et il m'a regardée avec de grands yeux consternés. Tous ceux qui ont croisé ma route depuis que j'ai rejoint le département luxe de l'agence de publicité A.T.K. ont entendu parler des huit points de karma.

Mon inconnu lève son verre de rouge au karma en me souhaitant de ne jamais perdre l'équilibre sur le fil de la vie. Il aimerait savoir si j'ai des points à rattraper ce soir. J'instille de la malice dans mon regard et je lui réponds que oui, trop de points. J'ai passé une bonne partie de l'après-midi à écrire des textes pour le compte Instagram d'une marque de diamants, sans jamais mentionner le sang versé. J'ai préféré parler d'éternité scintillante et de grâce étincelante, loin des profondes ténèbres du Liberia et de la Sierra Leone, où les mines se changent en fosses communes et où les pierres précieuses financent des génocides. Mon inconnu empruntera-t-il à la nuit une ou deux de ses heures les plus obscures pour m'absoudre de chaque coup de pioche ? Peut-être.

Il s'appelle Jérémy. Et Jérémy, les publicitaires, il n'aime pas beaucoup ça. Lui exerce un métier honnête : il travaille le bois.

Le garçon prend un air déçu, comme s'il venait de comprendre que nous sommes incompatibles. Pourtant, je ne lui apprends rien. Je n'ai pas cherché à le piéger en occultant ma profession. Avant de convenir d'un premier rendez-vous, nous avons échangé quelques messages préliminaires sur l'application. Il faut se voir vite sinon on se loupe, et on finit par devenir de simples correspondants. J'ai horreur de ça. Le temps me manque trop pour en perdre. La publicité est une activité chronophage.

De toute manière, il ne m'a pas retrouvée ce soir, à la terrasse du Mouton blanc, un troquet de la rue du Faubourg-Saint-Denis où j'ai mes habitudes, dans l'unique but de m'annoncer en personne qu'il désapprouve mes choix de carrière. À l'en croire, Jérémy serait un garçon intègre, trop, sans doute, pour fricoter avec le grand capital, dont je suis à ses yeux le bras armé, ou plutôt l'outil de propagande. Mais n'a-t-on pas toujours un peu envie de posséder, voire de malmener, ce qui est contraire à nos principes ? J'entrevois des ébats houleux, pleins de fiel et de revanche. J'aime qu'on m'étrangle, qu'on laisse des marques sur ma peau. Je ne cherche pas à me défendre.

Tout en commandant un deuxième demi au patron, Jérémy me décrit son atelier, à Ivry-sur-Seine, puis il s'épanche sur les rapports conflictuels qu'il entretient avec l'ébéniste qui l'emploie et certains de ses collègues. Et moi, me demande-t-il, comme si cela avait une quelconque importance quant à l'issue de la rencontre, ai-je comme lui du mal à m'intégrer ? Dans la publicité, il ne doit y avoir que des pestes et des vicieux, me dit-il. Après mon préambule, il s'imagine peut-être que je suis un cœur pur, perdu dans la vallée de l'ombre de la mort. Je ne sais pas pourquoi mais à l'exception de Benjamin, personne ne semble comprendre mon humour. Mes propres parents ont du mal à distinguer une plaisanterie d'une parole sérieuse.

Ce qu'ignore Jérémy, c'est que je n'ai pas besoin que nous nous trouvions des points communs pour coucher. Il est joli garçon. L'œil est vif, la lèvre pleine, le nez délicat et les mains ne sont pas encore trop abîmées. Ça me suffit. Au lieu de dénigrer mon métier – ce qui aurait pu accélérer les rapprochements, compte tenu de ses a priori –, je lui explique qu'il existe des êtres exceptionnels dans la pub, des êtres comme Benjamin Esposito, mon directeur de création. Il a beau dire que je suis son « insistante » parce que je l'assiste avec insistance, avec lui, je peux tout dire sans craindre d'être jugée. Nous sommes amis. Benjamin est un homme curieux du monde et des autres, avec un penchant très prononcé pour la subtilité, la complexité. Il répète souvent que dans un monde polarisé, la nuance est une posture contestataire. Tout l'intéresse, absolument tout. Il lui est déjà arrivé de passer une nuit entière à regarder des documentaires sur l'histoire des animaux de compagnie sous le Troisième Reich et il voue un culte à l'écrivain Raymond Roussel, aussi loufoque qu'indéchiffrable. Benjamin pense à contre-courant de l'époque et me conseille tout un tas de livres et de films pour stimuler mon esprit critique. Il a besoin d'aller au fond des choses. Quand on lui pose une question, il répond trois questions plus loin. Il anticipe. Lui parler rend plus intelligent. Il m'apprend le métier, et surtout à me battre pour nos idées. Benjamin a un petit côté chien fou : en réunion, il tient sa laisse rongée entre ses dents pour narguer ses maîtres. Pourtant, il n'aboie jamais. C'est un séducteur. Il fait le beau, détourne l'attention. Cette semaine, nous allons présenter à Margot Wilson, la présidente du département luxe, un projet de charte universelle des droits des écosystèmes à faire ratifier par nos clients (aussi appelés annonceurs), parmi lesquels un grand groupe de luxe français. La Reine Margot nous a dit qu'elle ne voulait plus en entendre parler, mais Benjamin n'est pas du genre à renoncer. De toute façon, il est arrivé à un point dans sa carrière où il se sait « indéboulonnable ». Il n'hésite pas à provoquer la direction. C'est un rebelle, mon Benji. Il ne se laisse pas faire, ni par les clients ni par personne. Il pratique le *hold-up*. Avec lui, le travail devient une contre-fête.

Jérémy cesse de hocher la tête. Il m'interrompt. Benjamin lui a tout l'air d'un type prétentieux au comportement d'enfant gâté. Il me demande si Benjamin est beau. Je réponds que c'est hors sujet. Bien sûr qu'il est beau, bondit-il, et bien sûr que j'en suis amoureuse. C'est ridicule. Je réponds que Benjamin est comme un grand frère pour moi. Notre relation est on ne peut plus chaste. D'ailleurs, les bureaux d'A.T.K. sont peu propices au romantisme. Une odeur de vinaigre blanc vous prend au nez aussitôt que vous avez passé les portes automatiques de l'agence, tel le pendant olfactif de l'esthétique aseptisée du bâtiment. A.T.K. se résume à un nuancier de gris : tuyauterie métallique au plafond, murs de béton gris, moquette grise, tables grises, chaises grises, casiers gris, canapés gris, salles de réunion grises… Il y a même une zone grise, un espace vide attenant au département luxe, où se tiennent discussions informelles et petites confidences entre amis. Nous vivons sous cloche, dans un espace neutre destiné à neutraliser notre humanité. Le désir n'y a pas sa place, ce qui peut sembler paradoxal dans la mesure où notre métier consiste justement à produire du désir, du désir à la chaîne. Jérémy trouve que j'ai réponse à tout. Déformation professionnelle, dis-je en souriant.

Il change de sujet, revient brièvement à lui, mais il ne peut s'empêcher de me parler de la pub. Il m'accuse de harcèlement moral. C'est moi, Paloma Madar, du haut de mes vingt-quatre ans, qui le traque depuis la première coupure pub ayant interrompu le premier dessin animé qui lui a été donné de voir. Il a enfin pu mettre un visage sur ce mal qui le ronge. Je suis la pub. Je l'espionne et le tourmente, jusque dans l'intimité de son téléphone portable, pour lui vendre des baskets, des polos, des séjours à Malaga, des parfums pour homme, des abonnements à la salle de sport, des assurances et parfois, pour une raison qui lui échappe, des culottes menstruelles. Comment peut-on sacrifier son énergie et son intelligence à une entreprise aussi néfaste ? me demande-t-il. Je réponds que c'est amusant, avec le plus grand sérieux. Benjamin répète souvent qu'on ne plaisante pas avec l'humour. Nous sommes payés pour aligner jeux de mots et traits d'esprit, avec diligence et sang-froid. Nous faisons du second degré au premier degré. Ce qui explique, sans doute, que l'on soit si peu sensible à mes plaisanteries.

Pourtant, publicitaire, je ne le suis qu'à demi. Il me manque quelques années d'expérience. Je ne parle pas le langage de la publicité, je m'habille de manière fantaisiste et j'ai encore quelques progrès à faire pour maîtriser l'art du bullshit, de l'esbroufe intellectuelle. J'ai rejoint le département luxe d'A.T.K. il y a un peu plus d'un an, en tant que free-lance. Avant cela, j'étudiais la philosophie à l'université Vincennes-Saint-Denis. Je n'appartiens pas tout à fait à cet immense bloc de verre, d'acier et de béton érigé sur les rives du canal de l'Ourcq. Aucun contrat sérieux ne nous lie. Si l'agence me fait parfois sentir que je lui dois tout, elle ne me doit rien : ni congés payés, ni RTT, ni arrêts maladie. Pour le congé maternité, ce n'est pas urgent. J'ai beau être en âge de procréer, je préfère m'en tenir à des rencontres sans conséquences, des amours de surface, au grand désespoir de ma mère, laquelle s'impatiente de me voir un jour domestiquée. Il n'y a que Benjamin qui me comprenne, même s'il doit se dire que la réalité biologique de mon sexe finira par me rattraper. Pourtant, comme Rousseau, « je sens mon cœur, et je connais les hommes », raison pour laquelle je préfère les tenir à distance. Entre mon cœur et les hommes, j'ai érigé un barrage. Dans la vie, tout est question de distance. Ça aussi, c'est Benjamin qui me l'a appris.

Je l'imagine chez lui, une main posée sur le ventre de Clara, sa compagne, et l'autre enfoncée dans la poche de son jean, grattant du bout des ongles le film plastique d'un paquet de Lucky Strike. Dans quelques mois, il sera papa. Pour lui, la distance sera bientôt impossible.

Il est tard. La terrasse se vide. On finit son verre. On se lève. On paye. On s'en va. Cette année, le mois de février est particulièrement austère. Pourquoi s'éterniser dehors ? Je propose à Jérémy un dernier verre. J'habite en face, dans le passage Brady, au milieu des restaurants indiens. Il me fait remarquer que je ne bois pas d'alcool. Je réponds que j'ai ce qu'il faut ; je suis une femme du monde. J'ai toujours une bière ou deux au frais, laissées par un inconnu du soir pour le suivant. Un geste inconscient de solidarité masculine, plutôt touchant. Ils offrent un rafraîchissement à leur successeur. Ou peut-être marquent-ils leur territoire. Ce n'est pas impossible. Paul a enivré Nessim et Sébastien avec un fond de mauvais gin parce qu'il m'a fait jouir avant eux. Il est passé par là, il m'a possédée. Pourtant, je ne suis pas un territoire conquis. Pareille à la Gaule, je résiste à l'envahisseur.

Les hommes s'imaginent souvent qu'une femme qui couche et découche le fait à dessein, pour obtenir des faveurs, prendre sa revanche sur un traumatisme quelconque ou bien assouvir une névrose. À un homme, on ne demande jamais pourquoi il enchaîne les aventures sans lendemain. À une femme, oui, comme si elle avait une responsabilité sociale, celle de nidifier et de se reproduire. Les hommes ont du mal à se figurer qu'une fille puisse aimer cela, qu'elle soit portée sur la chose, autant, si ce n'est davantage qu'eux. Le sexe pour le sexe, le plaisir pour le plaisir. Pire, cela les effraie. Ils y voient quelque chose de monstrueux, de contre-nature.

Je me souviens du visage horrifié d'un garçon lorsque je lui avais expliqué qu'il m'arrivait de me masturber entre deux réunions, les jours de télétravail. Non par ennui mais par envie. Je ne l'ai jamais revu. Ce qu'A.T.K. cherche à éteindre en moi, je le rallume, hors les murs.

Qu'en est-il de Jérémy ? S'imagine-t-il que j'ai besoin qu'il me parle, qu'il m'en dise plus sur lui, de nous trouver des attaches communes pour décider s'il est digne ou non de me pénétrer ? S'il écoutait les mêmes groupes que moi au lycée, quelle importance cela peut-il avoir ? En levrette, la tête écrasée contre le matelas, le cul relevé, on ne se dit jamais « c'est vraiment parce qu'il aime Aerosmith ». Je n'ai pas besoin qu'on me raconte des histoires. Il est mon genre – c'est-à-dire masculin – et ça me suffit. Il a un joli grain de beauté sur la joue. Allons-y gaiement, sans plus attendre. Ma studette est faite pour accueillir les ébats hivernaux. J'ai monté le chauffage avant de partir. Le matelas est doublé d'un surmatelas. La couette est duveteuse. Les draps sentent bon la lessive à l'ancienne. Je le veux en moi, au-dessus de moi, derrière moi, à côté de moi, face à moi… Que toutes les parties invisibles de mon corps se mettent à exister, sensibles, certaines, entre ses coups de reins.

Raconter des histoires, c'est mon métier. Je suis conceptrice-rédactrice. Je conçois, je rédige. Je suis la scribouillarde du département luxe d'A.T.K., Mademoiselle *Lorem Ipsum*. Des mots latins sans signification particulière servant à calibrer une mise en page. S'il faut rédiger un dossier de presse ou une campagne publicitaire, le graphiste m'envoie une maquette avec un faux texte commençant par « *Lorem ipsum dolor sit amet* ». L'une de mes nombreuses fonctions consiste à le remplacer par un vrai texte, comprenant à peu près le même nombre de signes. Mes histoires ont beau être écrites à des fins commerciales, elles n'en restent pas moins des histoires. Si je créais une narration pour enrober la rencontre, je le ferais en professionnelle. Ça manquerait du charme de la maladresse. D'ailleurs, il m'arrive parfois d'avoir simplement envie de dire « achetez » au lieu d'inventer des slogans cherchant à stimuler la zone érogène du consommateur, à savoir son ego.

Benjamin dit que nous sommes tous des centres du monde. Il est un centre du monde. Jérémy aussi. Et moi de même. Nous ne sommes entourés que de centres du monde et c'est en les considérant comme tels que nous leur vendons des produits de beauté, des vêtements, de la lingerie, des bijoux, des montres, des vins et spiritueux… Une certaine idée d'eux-mêmes. Parfois, j'aimerais ne plus être le centre du mien. C'est peut-être cela, être désaxé : une heureuse échappatoire au narcissisme ambiant. Je voudrais n'être plus qu'un corps, sans identité, sans passé, en rotation autour d'autres corps, eux aussi anonymes, vidés de leur substance.

De la même manière, avec les hommes, j'aimerais pouvoir dire « achète », enfin « baise-moi », sans qu'il y ait besoin de se poser de questions, sans feindre la partie de chasse, sans s'encombrer des convenances habituelles qui régissent les rapports entre les sexes. Quand j'en ai parlé à Benjamin, il a tout de suite compris. Avec lui, je n'ai rien besoin d'expliquer. Il sourit pour éviter de dire « je sais ». Pourtant, il sait. Il sait tout, Benjamin.

Le métier de publicitaire a beaucoup à voir avec mes activités extraprofessionnelles. Dans les deux cas, je mets en scène, j'invente un contexte, un cadre, pour décomplexer une pulsion, consumériste dans un cas et sexuelle dans l'autre. Je donne parfois rendez-vous au parc des Buttes-Chaumont pour simuler des rapprochements bucoliques. Un bijou devient talisman quand un autre vous fait briller. Le désir se nourrit de récits. Mais bon, il arrive aussi que je m'en lasse, comme ce soir. Ne peut-on pas être plus directs ? Combien de fois ai-je écrit « défiez les conventions » ou encore « inventez vos propres règles » ? Si cela fonctionne pour vendre un parfum ou un rouge à lèvres, cela devrait également marcher pour accélérer la mécanique des corps. Qu'il me percute. Vite et bien.

Je m'imagine déjà raconter la soirée à Benjamin, demain matin. Je lui dirai : « J'ai refait le coup des huit points de karma… » Il me répondra, affectueusement : « T'es un escroc. » Il le dit souvent. J'ajouterai : « Comme toi… J'ai appris avec le meilleur. » C'est vrai. Benjamin est le meilleur ; le meilleur des escrocs. Il s'efforce de créer une publicité dissidente, une antipub, contre les poncifs du marketing. Lui a de l'ambition pour le consommateur. Il l'aime. Il lui parle franchement, d'homme à homme. Au fond, Benjamin est un grand naïf.

Jérémy finit par accepter l'invitation. Un « d'accord » chargé de points de suspension. Un dernier verre. Juste un. Demain, il doit se lever tôt, et moi aussi. Je file régler à l'intérieur, c'est ma tournée. L'argent de la pub est fait pour être dépensé.

Il remercie poliment, confus. Certains hommes vivent encore cela comme une déstabilisante inversion du rapport de force quand d'autres y trouvent un nouveau confort dans lequel se vautrer. Les plus âgés refusent catégoriquement que je paye quoi que ce soit, à moins qu'ils ne se la jouent « clochards célestes ». J'en ai connu quelques-uns.

Nous traversons la rue. Jérémy semble moins pressé que moi, comme s'il voulait s'attarder dans le froid et retenir encore un peu l'exaltation du doute. Bientôt j'aurai retiré ma culotte, si l'on s'en tient au scénario de l'évidence.

« Ce n'est pas très grand », l'ai-je mis en garde avant d'introduire la clé dans la serrure. Jérémy contourne la kitchenette de l'entrée. En l'absence de fauteuil ou de canapé, il s'assied sur le lit et retire sa parka.

Pendant que je cherche une bière dans le frigo, je devine son regard qui furète dans mon dos, s'attarde sur le bouquet de mimosa aux fleurs d'un jaune encore vif que Benjamin m'a offert pour mon anniversaire, glisse sur la table en Formica qui me sert de bureau, se demande si les toilettes et la douche se cachent derrière la porte coulissante, à gauche du lit, puis fixe le vis-à-vis tristounet, au-dessus de la verrière du passage Brady, par l'unique fenêtre de la studette.

En apparence, tout semble beau, propret, tout sent bon la bougie parfumée et les huiles essentielles. Mais les tiroirs, les placards et même le réfrigérateur, une fois ouverts, racontent une autre histoire. Encombrés ou trop vides. Sales. Tapissés de miettes non identifiées. Poussiéreux. Remplis d'objets inutiles ou cassés, de légumes rabougris, de farines périmées. C'est peut-être là l'expression d'un syndrome contemporain. Je me renseignerai.

Jérémy s'étonne de voir autant de livres chez moi et désigne les ouvrages qui s'entassent un peu partout sur les étagères, au pied du lit, sur la table… Lire me rappelle ma vie d'avant, lui dis-je, ma vie manquée. Je me suis retrouvée chez A.T.K. un peu par hasard, avant d'avoir validé ma troisième année de licence de philosophie à Paris-VIII. Je me destinais à une carrière d'universitaire. J'aurais rédigé un mémoire sur l'œuvre d'Emmanuel Levinas, puis un deuxième, et enfin une thèse. Jérémy n'a jamais entendu parler de ce philosophe. D'ailleurs, et il l'avoue volontiers, il est plus manuel qu'intellectuel. Merveilleux. S'il ne sait pas quoi faire de ses mains, j'ai quelques idées à lui soumettre.

Comme s'il cherchait encore à perdre du temps, il joue les curieux et me demande de lui résumer la pensée du philosophe. Ne veut-il pas plutôt s'allonger ? N'a-t-il pas envie de retirer ses vêtements ?

Pour Levinas, lui dis-je d'une voix pressée, il fallait repenser l'éthique afin de recevoir l'Autre au-delà de la capacité du moi. Autrui vient de l'extérieur et il m'apporte plus que je ne contiens. L'épiphanie de son visage me rappelle le mystère infini de son humanité. Parce qu'il est plus proche du divin, l'autre se donne à moi dans un face-à-face transcendantal. Aussi dois-je l'élever au-dessus de moi.

Et lui, aimerait-il que je l'élève au-dessus de moi ? Me prendre par-derrière et que je me cambre, la joue écrasée sur un coussin ? En tout cas, si sa bite est plus grosse que ma bouche, je pourrai facilement le recevoir au-delà de la capacité du moi.

C'est en me voyant tourner les pages de *Totalité et Infini* tout en plongeant à l'aveugle une fourchette en bambou dans une salade de pâtes huileuse que Benjamin est venu s'asseoir à côté de moi pour la première fois. Ce jour-là, ma vraie vie a commencé. Avant, j'étais abonnée aux bancs de touche.

Je me disais qu'on y voyait plus clair. Sur le terrain, dans la mêlée, tout va trop vite, tout est flou. J'aimais l'action, mais de loin. C'était plus confortable de regarder les autres courir après le ballon. Moi je notais les fautes, j'exultais et frémissais avec les joueurs depuis mon poste d'observation. J'avais une vue d'ensemble. J'étais à la fois celle qui marquait et celle qui prenait un but. Triomphante et coupable d'avoir mené mon équipe à la défaite. Je ressentais tout et son contraire, par procuration, entourée de mes pairs : le gamin asthmatique, l'épileptique, la fillette au genou écorché, le môme complexé, celui qui jouait du piano et dont les parents refusaient qu'il s'adonne à quelque sport que ce soit, et cet autre, là, avec un patch sur l'œil. Les laissés-pour-compte. Les grands dispensés de la normalité.

Benjamin est le premier à m'avoir prise dans son équipe. Il a dévié le cours de mon existence. Il m'a vue. Je l'ai vu. Nous nous sommes reconnus. À partir de là, plus rien n'a jamais été pareil. J'existais.

Le Jardin d'Éden

Érigée en bordure du canal de l'Ourcq, l'agence A.T.K. a tout d'une forteresse. Sa gigantesque façade de verre reflète la friche industrielle environnante et les nuages laiteux qui s'échappent des cheminées des usines de Pantin Services, sur la berge opposée.

Ces deux blocs de cinq étages, reliés par des passerelles, abritent une véritable cité dont la population varie selon les jours. Le mardi, plus de 900 personnes occupent les 20 000 mètres carrés de l'agence. Le vendredi, tout est dépeuplé.

Le rez-de-chaussée est un lieu de civilités, un pont communiquant avec le monde extérieur. A.T.K. y expose son âme et sa vertu. À l'est, le centre culturel de l'agence accueille chaque mois une nouvelle exposition ouverte au grand public. Benjamin s'amuse à jouer les guides touristiques, me présentant les œuvres sous un angle ironique. Deux fois par an, une grande braderie solidaire y est également organisée, dont les bénéfices sont reversés à diverses œuvres caritatives. Si Benjamin a tendance à les bouder, j'en profite pour me rapprocher des filles du département luxe et recevoir des leçons de style. Ma mère ne s'est jamais vraiment intéressée à la mode et je l'ai toujours vue avec son tablier bleu, même en dehors de la cuisine de la cantine de quartier qu'elle tient avec mon père. Toujours au rez-de-chaussée, le jeudi, un petit marché bio propose une sélection de légumes de saison. Enfin, à l'ouest, côté rue, des associations locales ont installé leurs quartiers généraux. Leurs membres ne se mélangent pas au reste des employés d'A.T.K. Contrairement à nous, ils œuvrent pour le bien commun. J'imagine qu'ils trouveraient dégradant de se mêler à nous, des publicitaires.

Au premier étage, afin de réduire les coûts et de garder la main sur la production et la post-production, l'espace comprend un immense studio dédié à la réalisation de films publicitaires, ainsi que des studios de son, de montage, d'étalonnage… Benjamin m'y emmène quelquefois enregistrer des voix pour des maquettes vidéo ou bien discuter le coup sur le balcon avec de vieilles connaissances.

Au deuxième étage, entre les blocs est et ouest, se trouve un jardinet sur une plateforme de béton où poussent quelques arbres fruitiers, protégés des intempéries par un puits intérieur bardé de mélèze. Des tables et des chaises de jardin, plutôt sommaires, sont mises à la disposition des employés. Aux beaux jours, Benjamin aime y travailler. Le jardin donne également sur une salle de sport. Des machines sont disposées devant une large baie vitrée et l'on peut apercevoir, tôt le matin et tard dans la soirée, des silhouettes athlétiques qui s'acharnent sur un tapis de course.

Le troisième étage est réservé au service informatique et aux ressources humaines. Nous le fréquentons peu, à moins de rencontrer des problèmes techniques ou d'avoir cliqué sur un courriel suspect.

Le quatrième étage du bloc est est une zone un peu à part. C'est notre territoire, le département luxe. Certaines règles ne s'appliquent pas à nous, comme l'interdiction d'organiser des points le dimanche soir ou bien de vapoter dans les salles de réunion. Nous sommes également les seuls à posséder des stocks de Ricoré, car la Reine Margot n'aime pas le café. C'est un genre de matriarcat autogéré, de gynécée productiviste où de rares mâles hétéros rasent les murs en priant pour que ce ne soit pas la pleine lune. J'exagère un peu, mais ce n'est pas loin de la vérité. En face, à l'ouest, c'est l'agora, où les employés peuvent assister à des cycles de conférences, des projections et même à des concerts privés organisés par la production. Si Benjamin fuit ce genre d'événements, il m'incite parfois à y aller et me réclame ensuite un conte-rendu, un récit de bureau enchanté et plein de rebondissements. Chaque détail doit être amplifié, puis articulé dans une histoire rocambolesque. Il dit que ça fait partie de ma formation, alors je m'exécute.

Enfin, au cinquième étage, il y a d'un côté une cafétéria proposant diverses collations et de l'autre une cantine-restaurant, laquelle peut accueillir jusqu'à 300 personnes entre midi et deux. La carte offre chaque jour de nouvelles réjouissances culinaires et Benjamin m'invite souvent, refusant que je paye les 10 euros que coûte un déjeuner aux prestataires externes. Pour les salariés, c'est moitié prix. Il dit qu'il continuera à m'offrir les repas tant que l'agence ne m'aura pas proposé de CDI. Benjamin est scandalisé du montant de mes factures mensuelles : 1 700 euros brut. Il croit à la redistribution des richesses et si ça ne tenait qu'à lui, je serais payée le double. Je sais que je me répète : Benjamin est un grand naïf.

A.T.K. est une citadelle brutaliste faite de verre, d'acier et de béton, le cadre idéal pour implanter une société féodale. Que l'on soit commercial, planneur stratégique, créatif, producteur, acheteur d'art, informaticien, juriste, technicien ou même barista, nous appartenons soit à la noblesse soit au tiers état. Le clergé est quant à lui composé des ressources humaines et de la finance, dont le rôle consiste à prêcher la bonne parole, recruter de nouveaux adeptes et veiller à ce que nous restions rentables. Ils s'efforcent de maintenir un écart considérable entre les salaires des nobles et ceux des roturiers, pour asseoir leur légitimité. Ces gens sont plus importants, la preuve, ils coûtent plus cher. Si certains ne gagneront jamais plus de 3 000 euros par mois, même avec dix ans d'ancienneté, d'autres commencent à 10 000. Pourquoi ? Personne ne le sait vraiment, mais on le devine. La plupart ont étudié dans de grandes écoles, beaucoup ont fait leurs preuves auprès de la concurrence. Quelques-uns viennent de loin, du journalisme, du cinéma, du monde de l'art ou de l'industrie musicale. La sœur d'unetelle travaille pour telle marque, un autre a son beau-frère ou son oncle placé ici ou là, celle-là est bien introduite auprès de Truc et de Bidule, ce dernier est très suivi sur les réseaux sociaux. À moins d'une révolution, la naissance d'une bourgeoisie semble un fantasme inatteignable. Ici, la lutte des classes est une lutte des castes.

Benjamin, par exemple, appartient à la noblesse. Il est directeur de création, ce qui le place au-dessus des directeurs artistiques et concepteurs-rédacteurs, mais en dessous de la directrice de création en chef du département luxe, Clothilde de Ménil, qui est elle-même en dessous de la Reine Margot, la présidente du département luxe. Cependant le règne de la Reine Margot est à relativiser. Premièrement, il existe d'autres Reine Margot, dans d'autres secteurs : technologie, grande distribution, automobile, corporate, média… Et puis, elle aussi doit rendre des comptes aux trois fondateurs de l'agence, Élodie Arnodin, Laurent Tomasi et Ariane Kerr, lesquels sont à leur tour soumis à l'ingérence d'un groupe et de ses investisseurs.

Moi, j'appartiens au tiers état, et ma seule porte d'entrée vers la noblesse se trouve à Cannes, lors de la remise annuelle des grands prix de la publicité. Obtenir un Lion d'or, c'est la garantie d'un changement de caste. Seulement, pour cela, il faut travailler sur des projets dignes d'être récompensés : une grande campagne publicitaire, un événement d'envergure internationale ou bien un film. Ce n'est pas gagné. Pour l'instant, et même si Benjamin m'inclut dans tous ses projets, on me confie davantage les tâches ingrates. Je ne suis qu'une petite main qui écrit des textes sur des documents que personne ne lira, pour expliquer des images qui parlent d'elles-mêmes. C'est le jeu. Cependant la pénurie de concepteurs-rédacteurs pourrait bien jouer en ma faveur. Bientôt, et je m'en donnerai les moyens, moi aussi j'écrirai des films, moi aussi je conceptualiserai des campagnes. J'accompagnerai la Reine Margot et Clothilde de Ménil chez les clients pour leur présenter mes idées, j'aurai un droit de veto sur la direction artistique, les castings, je partirai en repérage avec toute l'équipe et j'irai sur les tournages. Benjamin m'a promis que cela se produirait, « en temps voulu » – pourtant, dans la publicité, le temps est subi, jamais voulu. Il dit que je suis impatiente. Mais dans un monde où tout va trop vite, où l'on avale les dernières syllabes des mots pour gagner du temps et où les clients exigent des modifications la veille pour le lendemain, c'est une qualité. L'impatience me fait aller vite, très vite même.

Sans doute parce que le travail s'apparente à un sprint incessant, chez A.T.K., nous avons toujours faim. Nous avons faim le matin, lorsque nous montons à la cafétéria chercher au comptoir un café accompagné de tartines de beurre et de confiture. À 11 heures, nous examinons déjà le menu du jour sur l'application de l'agence. Après déjeuner, à peine sortis de table, nous avons encore faim. Enfin, l'après-midi, il nous arrive d'aller chercher des sucreries dans le placard à gâteaux du département luxe, un casier en libre-service rempli de douceurs, que nous approvisionnons nous-mêmes. C'est comme si nous n'étions jamais rassasiés. Mais bon, avoir la bouche pleine et le ventre creux nous humanise.

Ce matin, comme tous les matins, Benjamin sort de l'ascenseur entouré d'un groupe de filles hilares. Sa tête dépasse, auréolée de boucles aux reflets argentés et fendue d'un large sourire. Il lance des coucous à la ronde et chacun le gratifie d'un salut enthousiaste. D'un pas allègre, il se dirige vers moi tandis que les filles se dispersent peu à peu entre les rangées de tables. Il sort son ordinateur de sa sacoche, ainsi qu'un paquet de Lucky Strike, puis il retire son long manteau d'hiver.

— Comment allez-vous, très chère insistante ? me demande-t-il.

— J'ai faim, dis-je. Et toi ?

— Moi ? Je vais bien. Je vais même très bien. Mieux ce serait obscène.

— Pourquoi on a toujours faim ?

— Je ne sais pas. Qu'est-ce que tu proposes ?

— Allons chercher des tartines.

— Excellente idée.

— Tu penses qu'il va arrêter de pleuvoir, cette semaine ?

Benjamin lâche un petit rire étouffé et me regarde avec tendresse.

— Alors, dis-je, comment je m'en sors ?

— Tu progresses en *small talk*. T'aurais pu rebondir et poser quelques questions personnelles, mais t'es de moins en moins autiste. Bravo. Je suis fier de toi, Paloma.

Benjamin sait que j'ai du mal à tenir une discussion légère alors il m'entraîne aux dialogues d'ascenseur. Il trouve amusant qu'une fille de restaurateurs, élevée dans le 10e arrondissement de Paris, un quartier réputé pour ses bars et sa vie nocturne, aie tant de mal à s'intégrer en société. D'un naturel joueur, il aime instaurer des règles entre nous, me lancer des défis. Il le prend comme un exercice surréaliste. Ça fait déjà deux longues semaines que chacune de nos journées commence ainsi, par un simulacre de légèreté.

— T'aurais préféré que je te parle de Clara et du bébé ? La chambre est prête ? Vous avez choisi une poussette ? Tu sais qu'il faut s'y prendre tôt, pour l'inscrire à la crèche ? On t'a parlé de la mort subite du nourrisson ?

— De grâce, non. Pas la menace fantôme…

— Ton futur fils, ou la mort subite du nourrisson ?

— Les deux, mon général !

— Bon, tartines ?

Nous rejoignons le cinquième étage par l'escalier. Benjamin tient à marcher 10 000 pas chaque jour. Il ne fait pas de sport, et même si la quarantaine est de son côté, il ne tient pas à s'amollir. Pourtant, la ligne est athlétique. Il a de l'allure. Sur lui, un sweat-shirt a le chic d'un costume croisé. Je comprends mal son obsession mais je la respecte, de la même manière que Benjamin respecte les miennes : il m'arrive de remplir des paniers sur divers sites de mode bon marché, de manière compulsive, comme si je me masturbais sur l'image que je pourrais renvoyer au monde en les achetant. Il est au courant. Il m'a vue faire. Il ne me juge pas.

Dans la queue de la cafétéria, je montre mon téléphone à Benjamin.

— T'as vu le dernier TikTok de Suzette ?

Suzanne, dit Suzette, est la fille unique de la Reine Margot. Elle l'a eue très jeune avec un mondain anglais rencontré pendant ses études au Royal College of Art de Londres. Ils se sont mariés sur un coup de tête et n'ont pas pris la peine de divorcer. Trop de paperasse. Margot a gardé son nom. Elle s'est chargée d'élever leur enfant, lui envoyant la petite de temps en temps, certains week-ends et pendant les vacances. Suzette a treize ans, le physique de Grace Kelly et l'énergie d'Iggy Pop. Elle alimente presque quotidiennement son compte TikTok. Comme beaucoup, je n'ai téléchargé l'application que pour voir les vidéos où elle se confie, face caméra, avant d'exécuter des chorégraphies dignes d'une pop star en pleine crise exhibitionniste. Margot n'imaginait pas qu'en montrant le compte de sa fille à une directrice de clientèle pour lui demander conseil, de mère à mère, cette même directrice de clientèle le ferait tourner. Son statut la rend hermétique à la compassion. La Reine Margot l'a appris à ses dépens.

La vidéo du jour est particulièrement intéressante. Sur une musique au rythme hystérique, Suzette parle à toute vitesse, expliquant que sa mère lui a présenté un « nepo baby » (comprenez un enfant de star), qu'elle a recalé parce qu'il était « trop à fond sur elle », limite « pervers ». Suzette est « demisexuelle », c'est-à-dire qu'elle a besoin de tisser un lien émotionnel avec une personne pour être attirée par elle. Elle explique que sa mère est « toxique », qu'elle projette sur elle son adolescence ratée et qu'elle est à deux doigts d'appeler la DDASS pour prostitution infantile. À la fin, elle répète plusieurs fois « c'est tellement malsain » d'une voix de canard, puis elle agite son petit corps prépubère en gigotant du bassin.

Benjamin repasse la vidéo plusieurs fois. Il prend un air songeur, secoue la tête, fronce les sourcils et me rend mon téléphone. Il commande deux allongés et des tartines à Yannick, le responsable de la cafétéria, qui nous salue chaleureusement en nous appelant par nos prénoms. Yannick connaît ceux de tout le monde. Contrairement à la direction, pour qui nous ne sommes que des cases remplies de chiffres sur un fichier Excel, il voit en nous des êtres humains. Pour Yannick, nous avons un nom et une préférence pour les cappuccinos ou les doubles allongés. Il sait qui est ami avec qui, et il s'inquiète lorsqu'il me voit débarquer sans Benjamin. Nous repartons après avoir échangé d'amicales banalités.

— Alors ? dis-je à Benjamin.

— Je crois que ça me rend triste.

— Triste pour qui ? Suzette, la Reine Margot, ou bien le gamin qui s'est pris un râteau ?

— Triste en général.

— Pourquoi ?

— C'est quoi ces relations de merde ? Comment on en est arrivés là ?

— Tu veux que je te relise *La Société du pestacle* pendant que tu corriges mon chef-d'œuvre ?

Le chef-d'œuvre en question est ce que l'on appelle « un livre de marque », rédigé en anglais par mes soins, qui présente les différentes facettes d'un grand horloger suisse, de sa naissance dans la vallée de Joux jusqu'aux nombreuses « complications horlogères » dont la Maison a le secret. En moins d'une semaine, je suis devenue experte en calibres. J'ai construit le document en partant d'une idée simple : « *Merit takes time.* » On ne naît pas méritant, cela prend du temps. Espérons que ça lui plaise. J'attends que Benjamin valide le tout pour l'envoyer à Salomé, une directrice de clientèle ou « dir' cli' », comme on dit ici.

Le langage de la publicité manque d'air, comme si nous aspirions les dernières syllabes de chaque mot en reprenant notre souffle. Chez nous, les consommateurs sont des « conso' », la production est la « prod' » et les rédacteurs sont des « rédac' ». Cette dir' cli', donc, le transmettra à son tour aux clients. Dans la pub, l'équipe créative ne traite jamais directement avec les clients. Nous avons besoin d'intermédiaires, d'une zone tampon, de commerciaux, lesquels constituent la majorité des effectifs d'A.T.K. : chef de projet, chef de pub, chef de groupe, directeur de clientèle, directeur général adjoint et autres. Benjamin ne fait pas très attention à la hiérarchie, alors moi non plus.

— Avec joie, dit Benjamin. On adore *La Société du pestacle*. Comme disait Debord : « Le spectacle est le mauvais rêve de la société moderne enchaînée… »

— « … qui n'exprime finalement que son désir de dormir. » Dommage que l'agence ait condamné la salle de sieste, dis-je.

Nous retrouvons notre place. Benjamin se plonge dans la lecture dudit chef-d'œuvre tandis que je rédige une cinquantaine de légendes Instagram, sous des photos de parfums et de produits de beauté divers et variés. Je n'ai jamais senti les parfums ni essayé les produits de beauté. Les créatifs ne reçoivent pas d'échantillons. On ne nous fait pas de cadeaux, pas comme autrefois. Benjamin m'a raconté qu'à ses débuts, les Maisons gâtaient les agences. L'argent coulait à flots.

L'ère Internet a corrompu ce monde idéal de splendeur et de débauche. Aujourd'hui, les budgets ont baissé et les rendements augmenté. Chaque texte doit me prendre environ dix minutes. Je n'ai pas le temps de goûter à la caresse d'un mascara sur mes cils. Céleste, la cheffe de projet, m'a envoyé des petites fiches descriptives associées aux différents produits. À moi de me débrouiller. On me paye pour transformer des mots-clés en haïku. Basta.

— T'es forte, me glisse Benjamin.

— Vraiment ?

— Je ne devrais pas trop te le dire mais c'est du bon boulot. Y a de bonnes phrases, de belles idées, ça se lit facilement. Ton anglais s'affine. D'ailleurs, t'as pensé quoi du recueil de Dylan Thomas que je t'ai filé l'autre jour ?

— Mais ça pourrait être mieux, non ?

— On peut toujours faire mieux. C'est déjà très bien.

Benjamin me fait part de ses remarques. Il en a tout de même. Nous en discutons ensemble, agrémentant la conversation d'une surenchère de plaisanteries alambiquées, à tel point que nos voisines de tablée finissent par intervenir d'un ton moqueur. Nos blagues, à la fois hermétiques et graveleuses, agacent. Salomé, installée trois tables plus loin, finit par s'en mêler. « Votre duo est épuisant », dit-elle avec tendresse. Je réponds que Benjamin porte bien son surnom : *Peter Punk*. Personne ne rit, mis à part Benjamin. Les têtes se retournent vers leurs écrans. Nous nous remettons au travail. Finie, la récré.

En début d'après-midi, nous avons de nouveau faim. Margot Wilson nous arrête alors que nous nous apprêtons à franchir le seuil des bureaux pour rejoindre la cantine. Elle souhaite nous parler. « Ça ne peut pas attendre », dit-elle d'une voix aussi maternelle qu'intransigeante. Benjamin lui demande si c'est au sujet de notre charte universelle des droits des écosystèmes, mais elle nous fait signe que non, un peu agacée. Elle se redresse dans ses sabots fourrés Hermès – qu'elle porte avec des chaussettes en cachemire – et nous conduit vers le coin canapé, face à une large baie vitrée avec vue sur le canal. Espérons que Yannick ait mis quelques sandwichs de côté pour les retardataires. Passé une certaine heure, impossible de se sustenter.

La Reine Margot est une femme minuscule, au visage poupin et cerné surmonté d'une pagaille de cheveux blonds coupés à la garçonne. Les pommettes sont hautes, les yeux bridés, d'un bleu sombre, et une immense bouche aux lèvres dessinées souligne l'étrangeté de sa beauté. Margot a les dents du bonheur. Tout lui semble dû, naturellement. Elle doit avoir à peine quarante ans, et tout en elle garde l'éclat de la jeunesse. Un pull noir, près du corps, révèle la perfection de la poitrine et la taille est marquée par un jean clair remonté très haut sur les hanches, qu'elle a fermes et menues. On dirait qu'elle n'est pas de ce monde, qu'elle est faite d'une autre argile, plus précieuse. Elle a quelque chose d'une madone. Personne ne pourrait imaginer qu'elle est à la tête d'une grande entreprise. Elle ne correspond pas à l'idée que l'on se fait d'une dirigeante, elle n'en a pas les stigmates. La peau est trop lisse. Les joues trop roses. Le timbre trop doux. Elle sent trop bon.

Elle a l'air trop pure. Sur les tournages, il arrive qu'on la confonde avec les modèles. C'est comme si la vie glissait sur elle, sans accroc.

Quatre filles sont en train de déjeuner sur les canapés. En voyant Margot arriver, elles cessent de rire et se lèvent aussitôt, la bouche encore pleine. Margot leur dit qu'elles peuvent rester. Les filles sourient et s'en vont, leurs affaires à la main.

— Tiens-toi droite, me dit Margot.

Je me redresse, la colonne vertébrale aussi rigide que le sofa sur lequel je suis assise. Satisfaite, les jambes croisées et les mains jointes, Margot entre dans le vif du sujet. Nous avons deux jours pour rafraîchir l'identité d'une marque de mode un peu vieillotte, « vieux cul » dit-elle, son expression favorite. La veille, au cours d'un dîner, Margot a croisé le créateur, un garçon épatant, dans le genre « pédé précieux » – là encore, ce sont ses mots. Ils se sont bien entendus et avant d'attaquer le dessert, elle l'a convaincu de nous confier cette première mission. Elle attend de nous une courte introduction stratégique, un concept, un *manifesto*, un *moodboard*, des maquettes d'affiches publicitaires, le scénario d'un film et des idées *disruptives* pour un prochain défilé. Pas grand-chose. Une présentation PowerPoint d'une trentaine de slides. On peut faire court. Ça ira très bien. À nous de jouer. Anaïs, la nouvelle stagiaire de 19 ans, nous prêtera main-forte. Elle travaille souvent à distance, mais nous pouvons la solliciter à n'importe quel moment, précise Margot.

Benjamin refuse. Il n'a pas le temps. Je dis que je peux m'en charger. Il refuse à nouveau. Il a besoin de moi sur d'autres projets. J'insiste. Benjamin ne peut pas travailler dans ces conditions. Il lui faut du temps pour créer. Je réitère ma proposition. Il ne transige pas. Sa compagne est enceinte, il ne peut pas se permettre de faire une énième nocturne. Impossible. Je précise que j'ai un date, mais que je peux le remettre à plus tard, si besoin. Benjamin s'obstine.

— Il a son petit caractère, me glisse Margot d'un ton complice.

Benjamin se lève, très calmement, et retourne à son bureau. Je reste assise, ne sachant pas si je dois le retrouver ou bien rester là, face à la Reine Margot.

— Il va finir par dire oui.

— Je croyais que non c'était non…

— Ce n'est jamais aussi simple que ça, *sweetie*. Je t'envoie mes notes, vous en ferez ce que vous voulez.

Je file récupérer deux sandwichs jambon-beurre auprès de Yannick et un cookie pour Benjamin. Je dépose le tout sur le bureau.

— Allez, Benji. On fait son truc, sans se prendre la tête, et si demain on n'a que la moitié de ce qu'elle nous a demandé, rien à foutre.

— Je vais pas y arriver…

— De quoi tu parles ? C'est rien. On torche ça, vite fait bien fait.

— Je ne serai pas bon… C'était pas prévu. Je voulais pas.

— Tiens, regarde, je t'ai pris un cookie.

— Je serai nul, comme père.

— Ah…

— Je vais le bousiller, ce gosse.

— Tu feras comme tu pourras, et dans vingt ans il comprendra que tu as fait de ton mieux et il te dira merci.

— Je veux pas que ça change.

— Que quoi change ?

— Tout. Ma vie. Je suis bien comme ça.

— Toi, t'as besoin d'aller te ressourcer au deuxième.

Les arbres sont gorgés de pluie. Une odeur de terre mouillée et de froid nous monte au nez. Benjamin s'allume une cigarette tandis que je tire frénétiquement sur ma vapoteuse. Des nuages odorants blanchissent la grisaille. Nous observons le silence, quelques instants, puis son regard s'illumine.

— Ça sent Marrakech, dit-il.

— Il est pas bien, notre enfer panoptique ?

— Notre Éden brutaliste, répond Benjamin.

— Alors, on le fait son truc ?

— Est-ce qu'on a le choix ?

— Ça peut être drôle, je suis sûre.

— C'est toi qui es drôle. Change pas.

— Toi non plus, reste comme ça. Tout ira bien. Tout le temps.

Dans quelques heures, la journée sera finie. Demain, une nouvelle recommencera, semblable à celle-ci, avec ses petits drames de rien du tout, ses rebondissements sans conséquences, ses simulacres de résolutions miraculeuses. Nous aurons à nouveau faim. Nous nous dirons des choses légères, des choses graves. Ainsi va la vie. Dans cette forteresse, protégés du monde et des autres, qu'est-ce qui pourrait nous arriver ?

La Note bleue

Mal réveillée, le pas lourd de sommeil, je remonte la rue du Faubourg-Saint-Denis en quête d'un Vélib' en état de marche. Souvent, il me faut dépasser plusieurs stations avant de trouver une monture vaillante. Pneus crevés, pédales arrachées, freins escamotés et batteries dysfonctionnelles sont le lot de ceux qui ne possèdent pas leur propre vélo. Cependant, je ne pourrais pas m'attacher à une seule bicyclette. Cela demande trop d'attention, trop d'engagement : impossible de l'abandonner quand bon me semble, si elle casse je dois la réparer, si elle crève je dois la regonfler, si elle est volée je serai dévastée. Autant prendre ce qui vient, même si parfois, ce qui vient déraille.

Je finis par trouver un vélo. Sans faire attention au monde qui commence à se bousculer sur les trottoirs, je traverse le boulevard de Magenta et dépasse la gare de l'Est, en veillant à ne pas me faire écraser par les nombreux bus qui circulent dans un sens et dans l'autre.

Arrivée au carrefour entre l'avenue Jean-Jaurès et le boulevard de la Villette, je louvoie entre les voitures et les piétons pour atteindre la piste cyclable qui passe derrière le cinéma MK2, frôlant plusieurs fois l'accident mortel. Ma mère insiste pour que je porte un casque, elle n'a peut-être pas tort. Ensuite, c'est tout droit le long des berges venteuses du canal de l'Ourcq. Quai de Loire. Quai de la Marne. Dans le parc de la Villette, des petites bandes blanches font tressauter mes roues tous les trois mètres tandis que je zigzague entre les coureurs, les trottinettes électriques et les vélos qui filent en sens inverse.

Un peu avant Pantin, devant le pont du boulevard périphérique, des policiers ordonnent aux cyclistes de mettre le pied à terre. À ma droite, des types squelettiques sont parqués sur les marches d'un escalier de pierre. Ils portent des vêtements miteux, des tongs, certains ont les pieds nus. Des spectres en plein jour. Hagards, ils se serrent les uns contre les autres pour se tenir chaud, attendant sans doute d'être déplacés. Il y a plus d'un an qu'ils campent ici. Sous le pont, des travailleurs sociaux réveillent les derniers habitants de ce village de misère, fait de tentes crasseuses collées à touche-touche et d'installations sommaires en palettes de supermarché. Un filet de fumée noire s'échappe d'un brasero de tôle. Je pousse mon vélo, tête baissée, entre une rangée de CRS et le campement. On évacue Crackmandu dans le petit matin poussiéreux. Tout le monde s'en fout. Devant moi, une fille semble contrariée d'avoir été ralentie dans sa course et souffle avec insistance. Je ne sais pas si je vaux mieux qu'elle. Je ne témoigne aucun signe d'humanité à ces hommes-squelettes aux visages défigurés à force de ne pas être regardés. Je ne fais que passer, troublée par le calme surréaliste de l'instant. Allez, moins cinq points de karma. Accueillir l'autre au-delà de la capacité du moi, ce n'est pas donné à tout le monde.

À la sortie du pont, je débouche sur une zone industrielle en travaux, délimitée par une palissade de béton recouverte de tags, une grue aquatique et une barge remplie de sable. En face, de l'autre côté du canal, une ville nouvelle semble déjà ne pas tenir ses promesses. Des constructions cubiques abritent les enfants déçus de la classe moyenne dans un Brooklyn de contrefaçon. Leurs illusions donnent sur le rayon bio du Super U.

Sur le quai de l'Aisne, j'accélère en passant devant le centre de danse, un grand bâtiment en béton taillé à même l'ancien bloc soviétique. Je dépose mon vélo à la borne, derrière A.T.K., puis je reviens sur mes pas, les cuisses engourdies et les mains gelées.

Mes écouteurs enfoncés dans les oreilles, je cherche le bon morceau pour faire mon entrée dans le hall, badger, puis m'élever vers le quatrième étage du bloc est. Aujourd'hui, ce sera un blues primaire. Je veux entendre le delta du Mississippi dans la voix de Leadbelly pour achever de me réveiller. Benjamin dit que le blues, c'est la musique de la perte. Un son qui fait entendre l'absence, le vide, le manque, et force à faire corps avec lui pour en triompher. Ce qui le fascine, c'est la note bleue, une note perdue entre deux systèmes de mesure, entre deux mondes. Un « ainsi va la vie » rythmé, échappé du grésillement d'une guitare ou d'un harmonica. Pour Benjamin, il faut apprendre à saisir toutes les notes bleues de l'existence. Toutes les nuances de vibrations. Cette note lui rappelle l'impermanence et la dualité de toutes choses. Le blues est pour lui une musique brutale et langoureuse, mélancolique et joyeuse. Un son qui vous cogne et vous envoûte. « *The devil blues.* » Je ne sais rien de la perte encore, mais il m'a appris à l'éprouver, par le rythme.

Benjamin est en train de discuter avec Salomé, une directrice de clientèle et amie de longue date. Elle n'a pas retiré sa doudoune et souffle sur ses mains. Il n'y a pas de chauffage, chez A.T.K. Le bâtiment a été conçu pour réguler sa propre chaleur. Pourtant, les jours de grand froid, le béton semble poreux. Le long visage blanc de Salomé se fend d'un sourire tandis qu'elle agite la chair molle de ses jambes osseuses pour se réchauffer. Chez A.T.K., la minceur est de rigueur. La pub assèche. Elle me salue avant de me tourner le dos, sans interrompre son aparté avec Benjamin. Une manière de me signifier que les grandes personnes ont des choses importantes à se dire. Avec Benjamin, Salomé a tendance à se conduire en grande sœur jalouse. Elle réclame son attention et m'exclut régulièrement de leurs confidences, moi, la petite sœur parasite, la petite chouchoute de Benjamin. Le département luxe ressemble à une grande famille dysfonctionnelle, avec ses tantes, ses cousines, ses demi-sœurs, ses belles-sœurs et ses pièces rapportées.

Salomé finit par regarder son téléphone et s'éloigner.

— Merci pour hier soir, dis-je à Benjamin dans un bâillement sonore.

— Y a pas de quoi, petite tête.

— Elle n'était pas trop fâchée, Clara, que tu rentres à minuit ? T'étais pas obligé de me raccompagner en moto, tu sais.

— Ç'aurait été criminel de te laisser prendre le métro toute seule, à une heure indue, avec les loups-garous et les crackheads.

Je ne parle pas à Benjamin de Crackmandu. C'est étrange. Peut-être y ai-je vu un signe de mauvais augure. Je préfère le garder pour moi. Pourtant, je lui dis tout. Je ne lui épargne aucune pensée, même les plus intimes, les plus intrusives aussi.

— C'est à cause de ta petite sœur ? dis-je.

— Quoi ?

— Parce qu'elle rentrait de boîte de nuit et qu'elle a été renversée par une voiture, le soir de ses seize ans.

— T'as rien retenu de ta leçon, toi, on dirait… *Small talk*, Paloma. Une conversation superficielle et légère, pour faire durer le bonjour.

— Pardon. Je suis désolée…

— Il est un peu tôt pour faire entrer les fantômes, tu ne trouves pas ? Et on a du boulot ! On s'y remet ?

— Avec grand plaisir.

Benjamin tourne son écran vers moi et fait défiler les diapositives du document PowerPoint que nous avons élaboré tous les deux pour répondre à la demande de la Reine Margot. Pour l'instant, nous avons épargné Anaïs. Benjamin a préféré que nous avancions ensemble, pour lui éviter de finir trop tard. Il s'oppose à l'exploitation des stagiaires, ce « lumpenprolétariat glamourisé », comme il l'appelle. Nous lui enverrons quelques images d'inspiration dans la matinée, pour qu'elle affine le moodboard et qu'elle réalise les maquettes d'affiches publicitaires. Benjamin tient à aller vite afin de se concentrer sur ce qui lui importe vraiment, sa charte universelle des droits des écosystèmes. Cela fait dix ans qu'il s'acharne sur ce projet, et chaque fois qu'il reçoit un brief écolo, il saute sur l'occasion pour le dégainer de nouveau. Benjamin a tendance à oublier que nos clients ne sont pas des ONG. S'il veut établir un nouveau contrat social avec la nature, il n'a pas choisi le bon métier.

Mais bon, cela ne l'a pas empêché de réfléchir au problème de la Reine Margot. Benjamin se donne corps et âme à ce qu'il fait, comme s'il ne pouvait pas s'en empêcher. Hier soir, nous avons débattu pendant des heures pour trouver le concept. Contrairement à d'autres directeurs de création qui n'écoutent qu'eux-mêmes, Benjamin a besoin que nous tombions d'accord sur l'essentiel. Il veut que je n'écrive que des choses vraies, des choses auxquelles je crois.

Afin de repositionner notre marque de mode, Benjamin a pris un point de départ plutôt inattendu. Selon une étude, quatre jeunes sur dix n'ont pas fait l'amour au cours de l'année 2021 et beaucoup affirmaient avoir perdu le goût de la masturbation. C'est un phénomène que j'ai moi-même pu observer sur les applications de rencontre. Des garçons m'ont déjà dit qu'ils ne se sentaient pas « sexuels » ou bien qu'ils étaient trop « fatigués » pour me voir. C'est comme si la solidarité dans le plaisir s'était étiolée. Aujourd'hui, la jeunesse n'a plus envie de l'autre, cette énigme terrifiante. Sa libido a été lessivée par un déferlement continu d'informations contradictoires et anxiogènes. On présente la sexualité comme un rapport de force où la femme serait a priori la victime de l'homme. Le désir des uns est criminalisé quand celui des autres est étouffé. Pour moi, c'est différent. Je ne suis pas tout à fait jeune et je n'ai jamais confirmé les statistiques de ma génération. C'est aussi pour cela que Benjamin a souhaité faire équipe avec moi. Je suis l'outsider des insiders, s'il fallait le formuler en des termes publicitaires. Avec la complicité de cette marque, si elle l'accepte, Benjamin s'est donné pour mission de rendre à la jeunesse l'envie d'avoir envie.

Nous avons commencé par définir un concept, la « pulsion de mode », une expression empruntée à je-ne-sais-plus-qui. L'idée consiste à assimiler le désir sexuel à un désir stylistique. Nous avons parlé de mode comme nous aurions parlé de sexe, de désir, de plaisir et d'extase amoureuse. Benjamin s'est d'ailleurs amusé à détourner une citation d'André Hardellet, un auteur cher à son cœur : « On ne fait pas l'amour, c'est lui qui nous fait » est devenu « On ne fait pas la mode, c'est elle qui nous fait ». Lorsque je lui ai demandé si ce n'était pas trop dévalorisant pour les consommateurs, Benjamin m'a expliqué qu'il refusait de galvaniser leurs ego par des discours marketing illusoires. Il préfère leur dire la vérité, aussi déterministe soit-elle. Il ne s'est pas non plus privé de glisser çà et là des références à Georges Bataille et Pierre Louÿs, par pure effronterie. Benjamin est un esprit libre et joueur. Le meilleur d'entre nous.

Pour construire l'imaginaire de la marque, nous avons opté pour des photographies de corps nus, enlacés sur des vêtements éparpillés au sol. Benjamin en a assez des publicités consensuelles où les produits sont bien mis en avant à travers des images lisses et interchangeables. Il veut créer ce qu'il a envie de voir : la vie en plus grand, signée par un logo placé en lettres majuscules au centre du visuel. Il me montre les premières images que nous avons glissées sur la diapositive prévue à cet effet.

— On n'y est pas, dis-je d'une voix ensommeillée.

— Tu vois cette photo de Nan Goldin où elle est de dos, avec des traces de griffures ? C'est un autoportrait. Je crois que le titre c'est *Scratched back after sex.*

— Ça ne va pas faire peur aux clients ?

— Rajoute-la quand même, avec celle de Lennon et Yoko Ono.

— On est sûrs de vouloir garder les vieilles pubs Tom Ford et Gucci ?

— Hier soir, tu m'as dit que tu voulais du cul, du cul et encore du cul. Faudrait savoir.

— Je n'ai pas envie que Margot nous fasse tout refaire... Je suis fatiguée.

— C'est son problème, pas le nôtre. Nous, on est là pour créer. C'est quoi ce monde où les jeunes se censurent ? Vous ne voulez pas vous insurger un peu ?

— Benji, ici, c'est le monde à l'envers. Vous, les vieux, vous pouvez vous permettre d'être rebelles, de vous donner tout entiers à ce que vous faites. Nous, on a déjà renoncé. On sait qu'on n'aura pas le dernier mot, alors on évite les frais. Si j'étais mieux payée, peut-être que je ferais davantage dans la déviance, mais là, j'ai la flemme… Je veux me coucher tôt.

— T'es ironique, j'espère.

— Qu'est-ce que tu crois ?

Nous ajustons encore un peu le moodboard et appelons Anaïs, la stagiaire, depuis le téléphone portable de Benjamin. Elle travaille à distance trois jours par semaine, nous a prévenus sa maître de stage, un peu excédée. Anaïs ne répond pas. Nous la rappelons une fois, deux fois, quatre fois. Finalement, Benjamin ne lui envoie que les images, en pièces jointes d'un mail. Une sélection aussi sulfureuse que sexy mêlant une série de nus artistiques, photographiés par Helmut Newton, Saul Leiter ou encore Bettina Rheims, ainsi que des images tirées de campagnes publicitaires Gucci et Tom Ford datant des années 1980 à 2000, où l'on peut apercevoir un homme torse nu tenant sa ceinture à la manière d'un pénis ou encore une femme baissant la petite culotte d'une autre. Benjamin écrit « Rappelle-moi » dans l'objet et indique son numéro de téléphone dans le corps du mail. Il n'est jamais bavard lorsqu'il s'agit de communiquer par écrit. Si j'avais une seule chose à lui reprocher, ce serait peut-être celle-ci.

Sans transition, Benjamin retourne à sa charte, et moi à d'autres tâches. Anaïs finira bien par nous rappeler et si elle reste en mode avion, aucune importance. Nous nous débrouillerons très bien sans elle. Benjamin m'a appris à composer des moodboards en allant chiner des images sur Pinterest, quitte à empiéter sur le travail des directeurs artistiques. Il considère qu'un concepteur-rédacteur doit savoir tout faire. Après plusieurs ratés, il dit que mon œil commence à être exercé. Quant à lui, il peut très bien se charger de réaliser les maquettes d'affiches publicitaires, même s'il a « passé l'âge ». Au pire, il fera un croquis. Tout ira bien, comme sur des roulettes. Ce n'est pas la première fois qu'un stagiaire nous lâche au dernier moment sur un projet. Nous formons un genre de communauté créative autogérée, lui et moi.

Les heures passent en accéléré. Je réponds aux nombreuses demandes qui s'accumulent dans ma boîte mail, vite, plus vite, encore plus vite. Si autrefois la création publicitaire était une activité hautement qualitative, comme me l'a assuré Benjamin, aujourd'hui, nous sommes jugés selon des critères quantitatifs. Nos cerveaux sont devenus des accélérateurs à particules. Je suis chronométrée. Quatre minutes pour rédiger une slide sur PowerPoint, quelle qu'en soit la nature. Sept minutes pour écrire un décryptage sociologique ou bien imaginer un concept d'exposition artistique. Vingt minutes pour un slogan. Vingt-huit pour un manifesto, un texte servant à introduire un concept de manière poétique. Trente-cinq pour une ligne éditoriale. Quarante-deux pour une grande idée de marque. Deux heures pour un *tone of voice*, un document stratégique définissant les éléments de langage d'une marque en fonction de son histoire et de ses valeurs. Deux heures trente pour un benchmark – une analyse approfondie du marché et de la concurrence – à travers une série d'exemples récents, triés sur le volet. Il n'y a que pour les films que le temps n'est pas compté. Ceux qui ont le privilège d'en écrire appartiennent à la noblesse des concepteurs-rédacteurs. Travailler sur des films permet de gagner des prix et de monter en grade. Moi, je reste tributaire du chronomètre, et si je ne trouve rien à écrire, je le resterai encore longtemps.

Il est l'heure de déjeuner. Benjamin décline plusieurs invitations. Salomé le gronde gentiment, les autres le traitent de snob, amicalement, et certains font mine de se vexer. Nous sommes jeudi et le jeudi, Benjamin m'emmène toujours manger un burger dans le quartier. À moins d'être retenu chez un client ou sur un shooting, il n'a jamais dérogé à la règle.

Le patron nous accompagne jusqu'à notre table, près de la fenêtre, avec vue sur un immeuble en construction. Heureux d'être ainsi isolés, loin d'A.T.K., nous avons plaisir à écouter ce qui se dit aux tables voisines. Pour comprendre le monde, Benjamin m'enjoint de tendre l'oreille. Il me rend à mon banc de touche originel, lorsque je n'étais qu'observatrice. Nous dévorons nos burgers dans un silence complice. Autour de nous, ceux que les publicitaires appellent les « vrais » gens nous ramènent aux tracas de l'existence : une mère malade, un enfant turbulent, l'espoir d'une nouvelle rencontre amoureuse.

J'observe Benjamin. La beauté de son esprit, comme celle de son visage, demande du temps, ou un effort, pour être appréciée. Benjamin n'est pas beau au premier coup d'œil. À mon arrivée, au sein du département luxe, il y avait cette fille, une graphiste, qui se prétendait insensible à ses charmes. Elle ne le trouvait pas si fascinant que ça et avait du mal à comprendre l'admiration de ses collègues. Pourtant, elle ne pouvait s'empêcher de le suivre du regard lorsqu'il traversait l'open space. Benjamin lui-même m'a avoué qu'il n'était pas né séduisant. À l'adolescence, les filles avaient mis un veto sur lui au jeu de la bouteille, lequel consiste à faire tourner une bouteille vide au centre d'un cercle. Lorsque la bouteille s'arrête sur une personne, celui qui l'a fait tourner doit l'embrasser. Si Benjamin était désigné, on pouvait passer son tour. Il a dû attendre la trentaine et son premier coup de patine pour être courtisé, et encore, pas par toutes et pas tout de suite.

Il faut dire qu'il a une tête en désordre, mon Peter Punk. Sous une pagaille de boucles argentées, des yeux noirs et cernés, séparés par la courbe arrondie du nez, déséquilibrent un visage trop mobile pour être totalement saisi. Lorsqu'il sourit, deux parenthèses se creusent autour des lèvres. Et Benjamin ne parle qu'en souriant. Sa bouche, comme un troisième œil, s'étire et invite à la digression. Tout en Benjamin respire le charme de la liberté. Son parfum lui va bien. *Bel Ami* d'Hermès. Un sillage chaud de patchouli et de vieux cuir. L'odeur d'un type qui a de l'allure. Salomé se moque souvent de ses airs de bad boy mais moi, je lui trouve un petit côté sphinx. La vérité, c'est qu'il est tout à la fois : mauvais garçon et créature légendaire. Oui, Benjamin a une beauté exclusive ; une fois révélée, il manque soudain quelque chose à tous les autres hommes.

— T'as vu les films d'Ozu ? me demande-t-il.

— Le mec qui filme tout en plan fixe, à ras le tatami ? Tu m'avais parlé de *Voyage à Tokyo*, mais je ne l'ai pas encore vu.

— Ils passent *Le Goût du saké* au Grand Action ce week-end. On y va ? T'as la carte UGC ?

— Les cartes de fidélité, les abonnements, l'engagement, ce n'est pas trop mon truc, tu sais... Je suis une communiste de l'amour, moi. Je suis pour la « kolkhozation » des corps et des cœurs.

— C'est-à-dire ? Développe ta pensée...

— C'est juste une blague. Y a rien à développer. J'ai dit ça comme ça.

— On ne dit jamais rien comme ça. Va au bout. Imagine que tu es en train de parler en direct, à la télé.

— Je pense que dans la vie, soit t'es un capitaliste du love, soit t'es un communiste. On reste hyper influencés par les deux grandes idéologies du siècle dernier.

— C'est bien, mais évite les mots comme « hyper », ça banalise le discours. Ce que tu dis est malin.

D'ordinaire, l'exigence de Benjamin me flatte, mais là, je n'ai qu'une envie, c'est de terminer mon burger et d'aller faire une sieste sur les canapés du quatrième. Je gagne du temps, mâche lentement pour rassembler les idées, trouver les mots.

— Parmi les communistes de l'amour, dis-je, il y a les léninistes, les stalinistes et les trotskistes. Les premiers recherchent un compagnonnage intellectuel, les autres exercent un pouvoir dictatorial sur leurs partenaires. Les trotskistes, c'est juste une bande de nihilistes paranoïaques qui cherchent à infiltrer le système des sentiments pour le détruire de l'intérieur.

— Et toi, dans tout ça, tu te situes où ?

— Léniniste, direct. Je crois à l'unité de la volonté, mais appliquée au sexe. Les volontés individuelles disparaissent. On ne forme plus qu'un seul corps, un seul parti.

— Et les capitalistes de l'amour, comment tu les définirais ?

Même lorsque nous ne sommes pas en train de travailler, Benjamin ne peut s'empêcher de jouer les Maître Miyagi, le vieux professeur d'arts martiaux du film *Karaté Kid*. Une blague ne peut pas rester une blague. Il faut aller au fond, creuser, encore et encore.

— Les capitalistes de l'amour ? Hmm… T'es chiant. Tu ne veux pas qu'on déjeune tranquilles ? Il te reste encore plein de frites.

— Je crois en toi, Paloma.

— Les capitalistes du love voient le couple comme un accélérateur de start-up. Ils veulent tout contrôler chez leur partenaire, comme s'il s'agissait d'une boîte dans laquelle ils avaient investi. Et puis ils ont besoin de bénéfices, de croissance. Pour la faire courte, s'ils ont commencé chez Flunch, l'idée, c'est de finir au Ritz. Et ce ne sont pas les plus fidèles. Ils ont beau attendre de leur partenaire une fidélité absolue par réflexe protectionniste, eux, en revanche, ils n'ont aucun problème à aller voir ailleurs. Ils pratiquent le libre-échange sexuel, pour encourager la compétition à redoubler d'audace et ainsi concurrencer le monopole exercé par leur conjoint.

— Belle démonstration, dit Benjamin. Moi, je pense que je suis un non-aligné de l'amour.

— Parce que Clara t'a fait un bébé dans le dos trois mois après votre rencontre et qu'avant t'étais un queutard cœur d'artichaut ?

Pour reprendre les mots de Benjamin, Clara lui a fait le « coup du berger ». Aux échecs, c'est un mat en trois coups.

— T'es toujours aussi cash, petite tête ?

Au moment où je m'apprête à répondre, le téléphone de Benjamin sonne. Il décroche sans méfiance, parle d'un ton enjoué. Soudain il ne dit plus rien. Sa jambe s'agite sous la table. Les traits de son visage s'affaissent d'un coup. Il ne me voit plus. D'une fixité singulière, le regard est dirigé droit devant lui. Les narines ont ce frémissement que je connais, et qui trahit sa nervosité. Son état me trouble. Je n'essaye plus de regarder son visage. J'attends, concentrée sur les frites et le burger à demi mangé qui refroidissent dans son assiette.

Abasourdi, comme en état de choc, Benjamin se lève lentement. Il se cogne contre la table d'à côté et tangue jusqu'à la porte du restaurant. Par la vitre, je l'aperçois de dos, immobile devant les grilles de chantier. Des grues s'agitent au-dessus de lui. Je ne sais quelle attitude prendre : dois-je rester seule à table, ou bien le rejoindre dehors ? Avant que j'aie trouvé une réponse, il reparaît, la mine défaite.

— C'était qui ?

— Rien.

— Ça va ? T'as pas l'air bien…

— Rien. C'est rien. Rien du tout.

Je n'insiste pas. Benjamin règle la note, sans dire un mot, puis il me raccompagne jusqu'aux portes automatiques de l'agence. Il semble en dehors de lui-même. Je lui emboîte le pas, en disciple inquiète. Ce trajet, que nous avons exécuté des centaines de fois, semble soudain long et pénible. D'ordinaire, Benjamin sait composer. Il a dû arriver un drame.

— Tu ne montes pas ? dis-je.

— Je ferais mieux de rentrer.

— Mais ça va ?

— Mieux, ce serait obscène.

— C'était Clara ? Il s'est passé quelque chose ? Le bébé va bien ?

— C'est rien, je te dis. T'en fais pas, petite tête. À demain.

Je regarde Benjamin partir. Je ne sais pas ce qu'il me cache, mais pour qu'il me cache quelque chose, ce doit être grave. Il me dit tout, toujours. Je reste plantée là, un long moment, avant de me décider à monter.

Que lui a-t-on appris, pour qu'il se trouble de la sorte ? Je reste assise à mon bureau, dans l'attente vague d'une explication qui ne vient pas. Impossible de travailler et la gourde de Benjamin, qu'il a oubliée de ranger dans son casier, me replonge dans la même perplexité. Une vieille gourde en métal, avec un autocollant « *I love Deleuze* ». Il n'y a vraiment que lui pour assumer ce genre d'humour.

Je sors vapoter sur la passerelle intérieure du quatrième, accueillie par des cris d'oiseaux artificiels destinés à chasser les pigeons. On dirait un ptérodactyle à l'agonie. Je tire quelques bouffées sur ma cigarette électronique et retrouve ma place. L'architecture d'A.T.K. est panoptique. Tout repose sur un système de transparence. Chacun est vu par tous. On me surveille, par les mille vitres du bâtiment. S'accorder une pause trop longue serait mal vu. Nous sommes nos propres gardiens de prison.

Je laisse ma boîte mail en attente, referme PowerPoint et me livre à des heures d'errance en ligne. J'alterne entre applications de rencontre et sites de mode. Je swipe. Je glisse des images dans un panier virtuel. Je réponds à un message. Je fais défiler des photos de robes Zara. Je conviens d'un rendez-vous avec un libraire, un petit brun à lunettes. Je compare des jeans Mango. Est-ce que je préfère acheter une paire de babies en cuir verni noir ou bien écru ? Jérémy, l'ébéniste, me propose de l'accompagner à un concert de jazz, à la Gare. Pas le temps. Les derniers arrivages Zalando m'hypnotisent. Est-ce que je dois appeler Benjamin ? Lui envoyer un message ? Que s'est-il passé ?

Au moment où je passe devant la table de Margot, à l'entrée de l'open space, elle relève la tête de son ordinateur et me fait signe d'approcher. Elle souhaite me parler. Margot m'entraîne vers la zone grise, cet espace vide attenant au département luxe, face au bloc ouest. Il n'y a personne. À voix basse, parlant à quelques centimètres de mon visage, comme si elle voulait que je sente son haleine de Ricoré, elle me demande si tout se passe bien. Je réponds que oui. Elle ne sera pas déçue lorsqu'elle découvrira notre concept, pour sa marque de mode. Benjamin a tout donné, lui dis-je. Elle insiste. Je ne comprends pas où elle veut en venir. Elle me fait remarquer que nous sommes proches, trop proches même, avec Benjamin. Elle sait qu'il me raccompagne parfois en moto, comme hier soir, et que nous nous voyons en dehors de l'agence. Ce n'est un secret pour personne. A-t-il déjà fait quelque chose qui puisse me mettre mal à l'aise ? A-t-il eu des paroles ambiguës à mon égard ou des gestes déplacés ?

Alors je comprends. Je ne comprends pas tout, mais je sens qu'à partir de cet instant mon monde s'apprête à basculer vers l'inconnu. Quelque chose de terrible est sur le point de se produire. Un sentiment d'impuissance me saisit. Je suis comme pétrifiée. Tout ce que je dirai, tout ce que je ne dirai pas, aura de l'importance, sans que je sache pourquoi ni comment.

Avant que j'aie pu répondre que c'est très commun, au luxe, de se voir en dehors de l'agence, que certains partent en vacances entre collègues et passent leurs week-ends ensemble, Margot me parle d'abus de pouvoir. Elle me demande si je suis familière de l'expression. Oui. On parle d'abus de pouvoir lorsqu'un individu outrepasse ses droits et utilise les pouvoirs qui lui sont donnés en dehors de son champ d'action. Elle voudrait savoir si Benjamin a déjà cherché à obtenir des choses de moi, en usant de son statut. Je ne pense pas. Elle me demande si je suis sûre, si je suis bien sûre. Est-ce qu'il m'appelle, parfois, le soir ? Oui, dis-je, mais c'est normal. Avec les délais qui nous sont donnés, nous n'avons pas le choix. Elle dit que ce n'est pas normal, avec cette espèce d'autorité impérieuse qui est la sienne. Je lui demande ce qui s'est passé mais elle refuse de m'en dire davantage. La Reine Margot disparaît vers les ascenseurs et m'abandonne à ma confusion.

Le soir, sur le chemin du retour, je m'arrête sous le pont du boulevard périphérique. Les tentes ont disparu. Le brasero également. Il ne reste plus aucune trace de

Crackmandu. C'est comme si personne n'avait vécu là. Les hommes-squelettes ont été effacés, rayés de la carte. Dans ma tête joue un blues déchirant. Une note bleue fantôme s'agite dans mes tripes.

La perte s'annonce.

Brut et demi-sec

La Reine Margot exulte, entourée de sa cour. Après des semaines de bataille, elle a triomphé de ses adversaires. Nous avons séduit un nouveau client, une prestigieuse Maison de champagne française. Les marques organisent parfois ce que nous appelons des compétitions, ou « pitch ». Elles sollicitent plusieurs agences concurrentes et élisent la proposition qui leur convient le mieux. Le gagnant remporte le projet, et parfois davantage car si la marque est satisfaite, elle peut lui confier d'autres secteurs de son activité, voire l'intégralité de son budget communication. Le Graal.

Margot remercie l'équipe en charge du projet menée par le New Business, trois filles aux visages durs surnommées « les sœurs Tchekhov » par Benjamin. Comme son nom l'indique, le New Business accompagne les équipes stratégiques et créatives pendant les compétitions. Pour le formuler en des termes militaires, les sœurs Tchekhov sont en quelque sorte nos caporales. Elles vérifient que nous remplissons bien le cahier des charges, organisent des « points de passage » tous les jours et ce sont elles qui assemblent la présentation définitive. Selon leurs propres mots, les compétitions se font « en mode kibboutz ».

La noblesse fait mine de réclamer un discours. Nous autres, le tiers état, ne sommes là que par obligation et observons la scène avec indifférence. Certains commentent, à voix basse, l'accoutrement de Margot Wilson : un jogging Adidas noir, une longue chemise blanche et une veste en tweed aux manches relevées. Ils trouvent toutes sortes de termes pour décrire son style, de « schlag couture » à « gangsta Chanel ». Pourtant elle ne manque pas d'élégance, et si l'on prête attention aux détails, on peut apercevoir des diamants à son poignet. Des murmures anxieux traversent également l'assemblée. Pour nous, une compétition de gagnée, c'est surtout plus de travail. Nous savons que nous pourrons être mobilisés à tout moment, et aucun de nous ne tient à être envoyé en renfort. Nous avons déjà assez à faire avec nos sujets respectifs. Afin de rester rentable, l'agence est constamment en sous-effectif et si beaucoup quittent le navire, très peu sont remplacés. Leur charge de travail échoit à d'autres. À ses débuts, m'a dit Benjamin, chaque talent était affilié à un ou deux comptes, et si l'agence remportait une compétition, elle embauchait une nouvelle équipe. Aujourd'hui, nous sommes catapultés sur les projets de manière chaotique et il nous est impossible de refuser les tâches qui nous sont imposées. Par exemple, nous sommes trois concepteurs-rédacteurs pour tout le département luxe. Les deux autres appartenant à la noblesse, si je refuse une demande, personne ne pourra y répondre à ma place. Du moins, c'est ce que l'on veut me faire croire.

Margot Wilson monte sur la table basse, empoignant le goulot d'une bouteille de champagne en guise de micro. Fendue d'un sourire, elle remercie ses braves petits soldats, si courageux face à l'adversité. Elle est fière d'eux, et fière de chacun d'entre nous, ajoute-t-elle, pour ne faire aucun jaloux. Elle a beau avoir ses préférences, elle le dissimule autant que possible. Margot Wilson est une dirigeante née.

Dans une récente interview pour *ELLE*, elle a évoqué ses années d'apprentissage. Petite dernière d'une fratrie recomposée au sein d'une grande famille protestante, la Reine Margot s'est initiée de manière précoce à l'art de la diplomatie. Ses frères et sœurs, ainsi que ses nombreux cousins, ont été, en quelque sorte, ses premiers employés. En dépit de son statut de cadette, Margot s'est découvert un don pour manipuler ses congénères. En flattant l'ego des uns, en faisant des cadeaux aux autres, en usant du chantage ou de la cajolerie, elle obtenait ce qu'elle désirait. C'était elle la cheffe. De son enfance, Margot Wilson a conservé un esprit de tribu, ajoutant qu'elle a fait « l'École alsacienne de la vie ». Une expression révélant un penchant inattendu pour l'autodérision. Elle a grandi entre l'hôtel particulier de ses parents et l'hôtel particulier de sa grand-mère, dans le 6e arrondissement de Paris. Elle n'a manqué de rien, sinon d'amour. Dans l'entretien, elle décrit sa mère comme une « présence absente » et son père comme une « absente présence ». Ce dernier est à la tête d'une des plus importantes sociétés de production, de distribution de films et d'exploitation de salles de cinéma. Il l'a lui-même fondée dans les années 1970 mais a laissé ses rejetons s'élever seuls, entre eux. Margot aurait pu n'être qu'une riche et oisive héritière ou écarter ses sœurs pour régner sur l'empire familial. Elle a préféré parasiter les quinze minutes d'encarts publicitaires sur les écrans paternels. C'était encore mieux qu'une carrière d'actrice. Sa beauté immaculée resterait dans l'ombre, derrière les projecteurs. Et est-ce que la publicité n'est pas un peu le cinéma de la vie, projeté sur l'écran de nos désirs ?

Grisée par son propre enthousiasme, la Reine Margot entonne le refrain de *We Are the Champions* sous l'œil attendri de Clothilde de Ménil, qui se tient à sa droite et l'applaudit discrètement. Notre directrice de création en chef est une grande femme maigre d'une cinquantaine d'années, aux membres raides et au regard aimant, quoique empêchée dans ses sentiments. Elle semble pourtant émerveillée de voir Margot exécuter un moonwalk victorieux, elle, la ravissante guerrière aux yeux cernés et au visage de petite fille qu'elle épaule à la manière d'une tante gâteuse. Clothilde n'a jamais eu d'enfant.

Margot nous invite à trinquer, très prochainement, pour savourer cette victoire. Elle fera « péter le champagne ». Applaudissements. Le show est fini. Chacun peut retourner à sa tâche.

Je m'en fiche, moi, de son champagne, je ne bois pas d'alcool. Pourquoi ne parle-t-elle pas de Benjamin ? Elle préfère faire comme s'il n'était pas retenu chez lui depuis une semaine, forcé au télétravail, pour avoir soi-disant harcelé une pauvre petite stagiaire sans défense en lui envoyant des images pornographiques. Une stagiaire tellement traumatisée qu'elle en a parlé à tout le monde, et qu'elle continue d'en parler – à tous sauf à moi, la seule qui détienne la vérité. Mais bon, la vérité n'a pas beaucoup d'importance. Aujourd'hui, ce qui compte, c'est la vérité de la victime, et ça, la Reine Margot le sait bien. En prenant la défense de Benjamin, elle se mettrait en danger. Elle préfère attendre que tout le monde se calme et passe à autre chose pour autoriser Benjamin à revenir. Margot Wilson est une femme intelligente.

C'est comme dans la publicité. Une obsession finit toujours par en chasser une autre. Il y a un peu plus d'un an, lorsque j'ai commencé à travailler pour A.T.K., on réclamait de la diversité. Le mot était sur toutes les lèvres. Nous devions créer des campagnes « inclusives » et « communautaires ». Qu'est-ce que j'ai pu écrire ces deux mots ! Ensuite, la question écologique s'est immiscée dans l'ensemble de nos réflexions. L'urgence climatique s'est changée en tendance green et la durabilité en argument de vente. Puis la santé mentale a pris le relais, conséquence directe de la pandémie et des longs mois de confinement. Il est devenu essentiel de s'intéresser au bien-être des consommateurs afin qu'ils puissent mieux prendre soin d'eux, recroquevillés dans leurs petits cocons existentiels. Ensuite sont apparus les métavers, un ensemble de mondes virtuels où marques et consommateurs pouvaient jouer aux cow-boys et aux Indiens. Des milliards de dollars ont été investis. Dommage, ça n'a jamais pris. En ce moment, avec la guerre en Ukraine qui s'éternise et la crise économique, le marketing a opéré un virage conservateur. Tout le monde réclame de l'élévation. Les annonceurs veulent paraître plus luxueux qu'ils ne le sont. Chacun met en avant son patrimoine culturel. Les Italiens veulent vendre l'Italie et les Français la France, ou plutôt une hyper-France. En dehors de l'extrême droite, la gloire de notre belle nation n'est plus célébrée que par les grandes marques. Quoi qu'il en soit, dans la publicité, les grands sujets de société comme les tragédies sont envisagés à la manière de tendances. Il faut passer devant le Bataclan, un 13 novembre, et apercevoir dans la nuit une silhouette tremblante, le visage baigné de larmes, pour comprendre la permanence de l'Histoire.

Moi aussi, j'attends que le vent tourne. Il n'y a que ça à faire. Tant que cette histoire de harcèlement sexuel ne sort pas d'A.T.K., Benjamin ne risque rien. Le virer coûterait trop cher à l'agence, compte tenu de son ancienneté. Sans compter qu'il risquerait d'intenter un procès pour diffamation. Ça ne vaudrait pas le coup, vraiment. Margot le laissera revenir. Ce n'est qu'une question de jours, de semaines tout au plus. Au pire, elle attendra qu'Anaïs ait terminé son stage. Par définition, un stage ne dure pas.

Alors pourquoi est-ce que je ne le dis pas à Benjamin ? Il a besoin de l'entendre, besoin de savoir que je suis de son côté. Cela fait une semaine que je n'ai pas le courage de l'appeler. J'ai peur de ne sortir que des phrases toutes faites. C'est vraiment dommage ce qui t'arrive, Benji. Pas de chance. Mais bon, tu vas t'en remettre, hein ? T'laisse pas abattre. C'est pas la fin du monde. Y a pas mort d'homme. Juste un sale moment à passer. Allez, courage. Sois fort. Je t'envoie plein de bonnes énergies. T'es un dur. T'en as vu d'autres. C'est pas une petite stagiaire de rien du tout qui va détruire ta vie, quand même.

D'ailleurs, la petite stagiaire en question, Anaïs, part fumer une cigarette avec ses nouvelles copines « créa' » sur la terrasse du quatrième étage, dans un joyeux pépiement. Elle marche la tête haute, d'un pas héroïque, comme si, en dénonçant Benjamin, elle avait sauvé l'humanité tout entière. Les autres la regardent avec admiration, cherchent à attirer son attention. C'est elle, la star du moment. Je les suis, vapotant à quelques mètres d'elles. Elles comparent leurs ongles en se passant le briquet. J'espérais qu'Anaïs parlerait de Benjamin, qu'elle exposerait sa version des faits, mais la conversation tourne autour d'un prochain shooting à Rome. Tout le monde est exalté, sauf celles qui ont travaillé sur le projet et qui ne partiront pas avec le reste de l'équipe, faute de moyens. C'est souvent le cas. Le petit personnel reste à Pantin. Lorsqu'on a 23 natures mortes, 19 visuels portés et 10 vidéos à réaliser en deux jours, et qu'il faut marger sur la production en dépit d'un budget très limité, on réduit les frais. Un concepteur-rédacteur peut travailler un an sur une campagne et ne jamais se rendre sur le tournage si par malheur il se déroule hors de Paris. Margot Wilson ne va quand même pas lui offrir un billet d'avion et quelques nuits d'hôtel alors que son travail est déjà fait ! Le film est écrit. Sa présence serait superflue, inutilement coûteuse. Dans la publicité, depuis l'ère Internet, « il n'y a pas de petites économies ». Adieu le faste. Autrefois, m'a dit Benjamin, si le directeur de création avait envie de s'envoler pour les Seychelles, en première classe, avec toute son équipe, il lui suffisait d'écrire une pub se passant sur une île déserte et la compta laissait faire. Les créatifs étaient alors des dieux capricieux à qui l'on cédait tout. Du moins, c'est ce que l'on raconte.

Anaïs rigole, parle fort, fume avec des gestes empruntés et, grisée par son nouveau statut de justicière, prend la défense de ceux qui resteront à Paris. Prend-elle la mesure de son erreur ? Croit-elle vraiment à son histoire ? Il aurait suffi qu'elle réponde au téléphone, lorsque nous l'avons appelée, et Benjamin serait là, à l'instant, à plaisanter avec moi. Mais non. Elle a vu quatre appels en absence et elle s'est sentie « harcelée ». Elle a ouvert un e-mail, cliqué sur des photos suggestives et cela l'a mise « mal à l'aise ». Parce que Benjamin était un peu fatigué ce jour-là, et qu'il a écrit son numéro de téléphone personnel dans le corps du mail au lieu de son numéro professionnel, elle a pris cela pour une invitation indécente. Tétanisée à l'idée de confronter directement son agresseur présumé, elle a préféré emprunter un chemin plus procédurier. Elle a immédiatement contacté le service des ressources humaines pour dénoncer le « harcèlement sexuel » dont elle s'était sentie victime. À partir de là, une enquête a été ouverte. Margot Wilson a souhaité tenir Benjamin à l'écart. Elle a même allégé sa charge de travail, ne lui confiant plus qu'un seul compte tenu par Salomé, la seule qui accepte encore de travailler avec lui.

On ne l'a pas laissé se défendre. Je le sais, tout le monde ne parle que de ça. Benjamin, le harceleur. Benjamin, l'agresseur. Benjamin, cet infâme suppôt du patriarcat. Les filles s'en vont, et je retrouve mon poste de travail à côté d'une chaise vide.

Tous ceux qui trouvaient Benjamin spirituel ont fini par dire qu'il était « lourd » et « graveleux ». Tous ceux qui l'invitaient à déjeuner expliquent qu'ils avaient « pitié de lui », qu'ils ne cherchaient sa compagnie que par charité. Tous ceux qui ont crié au génie en lisant ses présentations les qualifient à présent de « gênantes » et « ringardes ». Son style autrefois « irrévérencieux » s'apparente aujourd'hui à du « *male gaze* », un regard masculin reléguant la femme au statut d'objet sexuel. On va jusqu'à le trouver sexiste et dérangeant. Quelqu'un a même exhumé une vidéo de lui, datant d'il y a quelques années, où on le voit danser la lambada dans une fête d'agence avec une fille un peu plus jeune que lui. La vidéo a fait le tour du département luxe. Elle a cumulé plus de vues que le dernier TikTok de Suzette. On a jugé « choquant » qu'il ose poser ses mains sur la taille de la jeune femme. Personne n'a voulu croire que c'était simplement comme ça que se danse la lambada. Des captures d'écran de mails et de conversations Teams (la messagerie instantanée d'A.T.K.), sorties de leur contexte, ont également circulé, l'incriminant davantage. Pourtant, la nature de notre métier nous force à dire toutes sortes de choses déviantes. Si quelqu'un jetait un œil à mes échanges, il serait horrifié. Il n'y a que Salomé qui s'acharne à le défendre. Sans succès. Sa voix est couverte par les rumeurs.

Et moi ? Je me tais. Je fais ce que j'ai à faire et je m'en vais. Pour me rassurer, je me dis que tout finira par s'arranger. Lorsque l'enquête sera terminée, Benjamin sera convoqué. Il saura rétablir la vérité. Il sera magnifique.

On lui fera des excuses publiques et tout sera oublié. Comment pourrait-il en être autrement ?

Je repense alors à ce garçon, rencontré sur Bumble, qui m'avait expliqué qu'une drague un peu lourde était la première des violences sexuelles. Il parlait d'un acteur, cloué au pilori pour pas grand-chose, une blague graveleuse demeurée sans suite. L'époque n'est pas à l'indulgence.

Comme tous les jours depuis que Benjamin n'est plus là, à l'heure du déjeuner, je monte à la cafétéria. Sans appétit. Aujourd'hui, je ne réclame qu'une banane à Yannick, par principe. Il me demande où est mon acolyte, où est l'incomparable Benjamin Esposito. Je réponds qu'il est parti en vacances. Yannick ne comprend pas que je perde l'appétit pour si peu. Il va revenir, me dit-il d'un ton amusé. Et puis, ajoute-t-il, Benjamin avait l'air fatigué ces derniers jours. Il était temps qu'il prenne des vacances. Je lui souris en prenant ma banane. Il me tend une part de cake. Cadeau de la maison, dit-il. S'il n'y avait pas 30 personnes derrière moi, attendant d'être servies, je pense que j'aurais tout dit à Yannick. Je lui aurais bien demandé conseil mais nos rapports, quoique amicaux, se limitent toujours à quelques phrases. Un jour, il m'a dit que j'avais l'air gentil. Je n'ai pas eu le temps de répondre qu'il prenait déjà la commande de quelqu'un d'autre.

Je vivote. Je travaillote. Je ne fais plus que cela. J'écris sans passion, sans nerf, des textes vides et creux. Je me sens aussi lasse que si j'avais passé une nuit d'amour auprès d'un inconnu turbulent. Pourtant, depuis une semaine, je reporte chaque rendez-vous. Je boude les applications de rencontre et laisse les notifications s'accumuler sur mon téléphone. Jérémy insiste toujours pour me revoir. Plus tard. Plus tard. Ce n'est pas le moment. Aussitôt que je commence une phrase, c'est le vide complet. J'ai beau avoir en tête la phrase qui devrait suivre, je ne parviens pas à la formuler. Tout sonne faux, à côté. Au bout de deux heures, c'est pareil. Je ne parviens qu'à écrire des phrases isolées, sans famille. Plus je m'obstine et plus je me rends compte à quel point ma volonté est impuissante. Je me sens aussi incomplète que ces phrases solitaires. Et dire que Benjamin me trouvait toujours trop loquace.

La vérité, c'est que je ne parviendrai pas à écrire tant que je n'aurai pas eu le courage de parler à Benjamin. Plus je tarde et plus je composerai des bribes de textes amorphes. De quoi ai-je peur ? Benjamin est mon ami et les amis se soutiennent.

Oui, c'est un ami. Un ami à cause duquel on m'évite, on me jette des regards inquisiteurs, on se méfie de moi, on parle tout bas en me voyant approcher. Si on me laisse manger seule ma banane, ce n'est pas un hasard. Nous étions proches, trop proches, a dit Margot. Mieux vaut me faire oublier jusqu'à sa convocation. On finira bien par se rendre compte que tout cela n'est que le fruit d'un malheureux quiproquo. Il ne s'agit pas d'autre chose.

Je fais un tour aux toilettes. C'est le seul endroit de l'agence où je ne me sente pas épiée, bien qu'il m'arrive encore de vérifier qu'il n'y a pas de caméras au-dessus de ma tête lorsque je baisse mon pantalon.

Je m'inspecte devant le miroir. Avec mon visage tout rond, je ressemble à un mini biscuit BN. Je ne me suis jamais trouvée jolie, au mieux sympathique. Tiens, on dirait que j'ai quelque chose sur la joue, ou plutôt sous la joue, une impureté enfouie sous plusieurs couches de peau. Les ongles plantés autour d'une imperceptible bosse rouge, je presse de toutes mes forces, jusqu'à ce qu'un comédon sanguinolent finisse par émerger d'un pore.

Un bruit de chasse d'eau et de porte qui s'ouvre me fait sursauter. Quelqu'un sort des toilettes du fond. Je ne me retourne pas.

— Qu'est-ce que tu fais là ?

Je reconnais la voix de Salomé. Son long visage blanc apparaît dans le miroir et me fixe avec sévérité. Elle se lave les mains.

Qu'est-ce que je fais là ? Cette question, je me la suis beaucoup posée. On me l'a beaucoup posée aussi. Margot, dubitative, en passant devant l'écran de mon ordinateur portable. « Qu'est-ce que tu fais, là ? » Des anciens, en découvrant mes textes truffés de références philosophiques. « Mais qu'est-ce que tu fais là, toi ? » Des stagiaires, qui ne comprenaient pas tout à fait ni mon poste ni mes occupations. « Et là, qu'est-ce que tu fais ? » Des free-lance, des gens de passage, déstabilisés par mes blagues. « Qu'est-ce que tu fais… là ? » Benjamin, sur le ton de la plaisanterie, au détour d'une pause-café ou cigarette. Et Salomé, à l'instant, pleine de reproches. « Qu'est-ce que tu fais là ? » C'est une bonne question. Tout d'abord, elle implique une possible contradiction, entre là et je, entre ici et moi. La première fois que j'ai traversé le hall des bureaux d'A.T.K. pour donner mon nom à l'accueil, je n'avais rien à faire là. Strictement rien. Benjamin pensait que je ne resterais pas longtemps, quelques mois tout au plus, comme les autres découvertes de Margot Wilson avant moi. Tu semblais t'être trompée d'avenir, m'a-t-il confié un jour. Une étudiante en philosophie de vingt-deux ans, mal dégrossie, qui avait poussé la mauvaise porte. On avait l'impression que j'allais la refermer aussitôt en murmurant des pardons timides, comme une petite fille prise en faute. À ce moment précis, après avoir fait corps et cœur avec A.T.K., j'ai l'impression d'être redevenue cette même gamine perdue sur le chemin de l'école. Je ne sais pas ce que je dois faire, *là*.

— C'est ma routine beauté, dis-je à Salomé.

— T'as parlé à Margot ?

— Pas vraiment. Elle m'a posé des questions.

— Tu lui as dit que c'était absurde cette histoire de harcèlement ? Les fantasmes autocentrés d'une stagiaire en mal d'attention, shootée à la victimisation et aux discours féministes édulcorés de TikTok ?

— Je savais pas ce qu'elle me voulait…

— Fais-lui un mail, m'ordonne Salomé. Dis-lui.

— Tu penses que ça va changer quelque chose ? S'ils ont décidé qu'il était coupable, c'est pas moi qui vais le sauver.

— Tu sais que Benjamin compte sur toi ? Il ne comprend pas pourquoi tu ne l'as pas encore appelé. Je l'ai eu hier. Il va mal. J'ai dit que t'étais au fond du trou, toi aussi. Je l'ai fait pour lui, pas pour toi. Mais sors-toi les doigts du cul, putain. Fais quelque chose. Tu sais ce qu'il dit de toi ? Que t'es la fille la plus intelligente avec qui il ait jamais bossé. Que tu lui donnes de l'espoir, que t'es son petit rayon de soleil. Il dit que t'es comme sa petite sœur.

— Je suis désolée.

— Sois pas désolée. Fais quelque chose ! Bouge-toi ! Tu sais qu'elle est morte, sa petite sœur ? Il ne s'en est jamais remis. C'était y a plus de vingt ans… T'as pas le droit de rester là, à rien faire… Écris un mail à Margot. C'est ton métier, nan, d'écrire ? Alors écris ! Paraît que t'es douée, en plus. T'arrives bien à vendre du rouge à lèvres alors que tu ne sais pas te maquiller. Fais comme si tu devais vendre Benji !

Deux filles poussent la porte des toilettes au même moment et nous lancent un regard inquisiteur. Salomé se sèche les mains et me laisse face à mon reflet. Une goutte de sang suinte d'une minuscule plaie sur ma joue.

Elle a raison. Qu'est-ce que je fais là ? Je devrais retourner à ma place, écrire à Margot Wilson, lui expliquer le malentendu et innocenter Benjamin. Qu'est-ce qui me retient ? Je dois me battre. Pour lui, pour mon Peter Punk, mon cher mystagogue.

Pourtant, je ne peux m'empêcher de regarder la pile de mouchoirs en papier qui déborde de la corbeille des toilettes en me disant que Benjamin fait déjà partie des déchets d'A.T.K. J'espère une résolution heureuse.

Et pourtant.

Vos bijoux parlent pour vous

— Allô. Benji ? Ça va ? Je ne te dérange pas ?

Je mets Benjamin sur haut-parleur et cale le téléphone contre l'écran ouvert de mon ordinateur portable. Je sais qu'il entend le cliquetis des touches du clavier mais il a l'habitude. On fait toujours ça. S'appeler, le soir, et travailler en même temps. C'est aussi une manière de lui faire savoir que rien n'a changé entre nous, même après trois semaines sans se voir ni se parler. Ma mère, en revanche, ça la met hors d'elle quand je fais ça. Elle répète que ma génération est pourrie. Elle dit que nous considérons l'autre comme une donnée parasite, un court-circuit, au mieux un bouche-trou. Mais bon, Benjamin n'est pas ma mère.

— Petite tête ! dit-il. Tu ne me déranges jamais ! Ça roule ?

Il a une bonne voix. Sa voix de d'habitude.

— Je prends des nouvelles du purgatoire. T'es où ? Ça capte mal on dirait.

— Je suis en Vendée.

Les parents de Benjamin ont divorcé il y a plus de vingt ans et sa mère s'est installée en Vendée, dans une petite maison de pierre, au bord d'une falaise. Benjamin était chez elle, à Noël. Il m'a montré des photos. L'intérieur m'a paru mignonnet bien que défraîchi, entre fauteuils fleuris et dessus-de-lit en macramé. Je me souviens surtout de l'atelier de marionnettes, dans le salon, avec toutes ces minuscules têtes sculptées et ces bouts de membres éparpillés sur une nappe vichy. La mère de Benjamin a d'abord été costumière pour le théâtre et le cinéma. À la mort de sa fille, elle s'est prise de passion pour la confection de pantins articulés.

— Clara est avec toi ?

— Elle a préféré rester à Paris.

Je cesse de pianoter. Pourquoi Clara ne l'a-t-elle pas accompagné ? Lui en voudrait-elle de quelque chose ? Elle doit bien savoir que ce n'est pas sa faute, s'il est contraint au télétravail. D'un autre côté, difficile pour moi de me mettre dans la tête d'une femme enceinte. Entre les hormones et tout ce que j'ai pu lire ou entendre… Je ne peux pas imaginer ce que l'on ressent lorsqu'on porte la vie en soi. Une vie que Clara a d'ailleurs imposée à Benjamin, sans trop se soucier de son envie à lui de devenir père. Elle lui a assuré qu'elle prenait la pilule, ce qui s'est révélé faux. Ça aussi, ça me dépasse. Mais je ne peux ni émettre de jugement ni comprendre ses motivations profondes. C'est normal. Je n'ai pas son âge. Clara a trente-six ans. J'aurai sans doute plus d'empathie pour elle d'ici quelques années.

— Elle a une échographie, cette semaine, ajoute Benjamin comme s'il lisait dans mes pensées. Elle me rejoindra plus tard.

— Et ça va ? Pantin ne te manque pas trop ?

La question m'a échappé. J'espère qu'il n'y verra aucune forme d'ironie ou, pire, de cruauté. On l'a chassé de Pantin. Il doit se douter qu'il est désormais un paria, qu'il risquerait les plumes et le goudron s'il remettait les pieds au quatrième étage du bloc est. Salomé le lui a peut-être dit. Aujourd'hui encore, j'ai surpris deux filles s'indigner de la légèreté de la sanction. Elles trouvaient injuste que Benjamin ait moins de travail, qu'il puisse rester chez lui, tranquille, sans que son salaire en soit affecté. Elles jalousaient son sort, y voyant une bénédiction davantage qu'une sanction.

— C'est le rêve, la Vendée, répond Benjamin. Je peux lire, me promener, voir des films. D'ailleurs, si tu ne l'as pas vu, mate *Le Privé*, d'Altman. Je pense que ça va te plaire. Je l'ai montré à ma mère, hier soir. Elle a adoré.

— Si ta mère a adoré… Alors…

Un silence passe. Sans gêne. C'est plutôt un silence d'habitude. Celui que nous observions lorsque nous cherchions une idée, tard le soir, et que nous laissions le téléphone reposer à côté de nous, le temps de trouver quelque chose à dire.

— Je voulais t'appeler plus tôt, dis-je un peu confuse.

— Tu m'appelles maintenant.

J'entends le sourire de Benjamin dans sa voix.

— Salomé veut que j'écrive à la Reine Margot…

— Pour quoi faire ? demande-t-il gentiment.

Avec Benjamin, je peine parfois à faire la différence entre ce qui relève du déni et ce qui tient de l'esprit chevaleresque. Il ne me mêle à rien de grave, jamais. Dans le travail, c'est pareil. Afin de préserver mon imagination, il me tient éloignée des luttes intestines et des jeux de pouvoir. Si nous sommes écartés d'un projet pour des raisons politiques, par exemple, ou si une équipe créative est mise en compétition contre nous au sein même de l'agence, ce n'est jamais Benjamin qui me l'apprend. C'est comme s'il voulait me donner une image angélique du monde professionnel.

Benjamin dit souvent que je suis « pure » et il aimerait sans doute que je le reste aussi longtemps que possible. Je ne sais pas très bien ce qu'il entend par là. « Pure ». Cela se dit d'une substance qui n'a été mélangée à aucun corps étranger. Quelque chose d'inaltéré, d'immaculé. Pourtant, j'en ai connu des corps étrangers… Ou peut-être veut-il dire que je suis innocente. Vraiment ? Je ne me sens pas très Mademoiselle-Âge-Tendre. On ne m'a jamais reproché d'être fleur bleue. Mais bon, j'imagine qu'il doit chercher en moi une certaine idée de lui-même.

— Salomé veut que je lui dise que tu n'y es pour rien. Pour qu'il y ait une preuve écrite. Elle veut que je raconte…

— C'est pas bien, interrompt Benjamin. C'est pas bien de la part de Salomé. Elle n'aurait jamais dû te demander ça. Tu n'as pas à être mêlée à cette histoire. J'espère que tu n'as rien envoyé…

— J'allais le faire…

— Ne le fais pas.

— Mais je ne peux pas rester là, inutile. Il faut que je dise à Margot ce qui s'est *vraiment* passé… Si je lui raconte tout, de notre point de vue, alors…

— Parce que tu penses que Margot ne le sait pas déjà ?

Benjamin rigole presque à l'autre bout du fil. Et moi qui m'en voulais de laisser traîner ce mail, de le repousser sans cesse au lendemain. À quoi bon, il n'aurait servi à rien.

— Elle est au courant, poursuit Benjamin. Elle m'a dit elle-même qu'elle était désolée que je paye si cher les délires d'une post-ado inculte. On peut lui reprocher plein de choses, mais Margot connaît les images. Quand elle a vu les photos, les références, elle a tout de suite compris… Elle va faire tout son possible pour enterrer l'affaire.

Il n'a pas tort. Margot Wilson a un rapport quasi viscéral aux images. Elle les ressent dans sa chair, comme si elles prenaient possession d'elle. Si quelque chose ne va pas, lorsqu'un directeur artistique lui soumet son travail, elle s'en aperçoit immédiatement. Elle se gratte le cou, frotte une épaule contre son oreille, fait craquer ses doigts, se tripote le nez. Elle est dérangée. C'est physique. D'ailleurs, chez une dirigeante, c'est rare une telle sensibilité artistique, m'a dit Benjamin. En général, dans la pub, les présidents sont recrutés pour leur carnet d'adresses et leurs talents de vendeur. Margot a ce truc en plus, ce sixième sens. Sur Instagram, elle s'est créé un compte où elle ne poste rien. Elle s'en sert uniquement pour regarder des images, à longueur de journée, et les enregistrer dans différents dossiers. L'admiration que lui porte Clothilde de Ménil, notre directrice de création en chef, s'explique en partie par ça. Elles se font confiance. Elles parlent le même langage.

— Et les RH ? Ils savent, eux aussi ?

— Ils m'ont dit de ne pas m'inquiéter. Anaïs finit son stage dans trois mois. Au pire, ils diront que j'ai pris un congé paternité anticipé.

— Mais l'enquête ?

— C'est rien. Une formalité. Et j'avais besoin de m'évader un peu. On dort si bien en Vendée, tu sais.

Ah oui ? J'aimerais le croire, mais quelque chose grince. S'il n'y a pas à s'inquiéter, alors d'où lui est venue cette expression de sidération, l'autre jour au restaurant ? Il paraissait ébranlé jusqu'au plus profond de son être, prêt à s'écrouler. Il semblerait qu'il soit immédiatement passé du choc à l'acceptation sans ressentir ni colère ni tristesse. Je veux bien croire que Margot Wilson est convaincue de son innocence mais alors pourquoi l'avoir délesté de la quasi-totalité de ses responsabilités ? Elle lui a retiré tous les projets que nous avions en commun, nous tenant ainsi séparés l'un de l'autre. Et pourquoi ne lui permet-elle pas de revenir à l'agence ? Ça ne tient pas debout. Quant aux ressources humaines, quel est leur intérêt à simuler une enquête s'ils savent que tout cela n'est qu'un malentendu ? Personne n'aime s'encombrer de paperasse. Qu'est-ce que Benjamin ne me dit pas, et pourquoi ne me le dit-il pas ?

Tout ça me renvoie à mon propre néant, à ma non-valeur. Une impuissance troublante qui me rappelle les tourments de l'enfance, lorsque je me sentais vaine, inutile. Plusieurs fois par an, mes parents parlaient de fermer le restaurant. J'écoutais, sachant d'avance que je ne leur serais d'aucune aide. J'aimerais que Benjamin se confie véritablement à moi, qu'il cesse de m'épargner.

Même si ce n'est pas avec un e-mail, je dois forcément pouvoir l'aider.

— Bon, et toi, petite tête, tout roule ? Tu bosses sur quoi, en ce moment ?

Je ne suis plus son « insistante ». Je m'attelle à des tâches qui ne concernent plus Benjamin. Ni notre charte universelle des droits des écosystèmes ni cette marque de mode dont nous devions rajeunir l'identité et par laquelle le scandale est arrivé. Margot l'a tout simplement confiée à une autre équipe, plus sage, moins encline aux dérapages. Depuis trois semaines, je me bats sur tous les fronts à la fois. On me balade de projet en projet, réclamant ici un concept pour un programme de fidélité, là des idées d'activation pour les réseaux sociaux ou bien des intentions « *hair and make-up* » pour un casting. Comme tout le monde, je suis sous l'eau.

— Je dois écrire un film, dis-je avec entrain. Mon premier film ! C'est Clothilde. Elle m'a demandé d'en écrire un. Je lui présente le script demain matin. J'étais justement en train de bosser dessus…

Ce que je ne précise pas, c'est qu'il s'agit d'une piste deux. Dans la publicité, la piste deux n'est rien qu'un faire-valoir. Elle désigne une idée ou un concept moins commercial que le précédent. C'est un chemin de traverse destiné à n'être jamais emprunté. Son seul but est de mettre en lumière les qualités de la piste précédente. Le GPS s'est chargé de la première piste – le GPS est un sobriquet que nous avons attribué à Alizée, une conceptrice-rédactrice d'une trentaine d'années à la voix robotique, qui revoit en permanence les paramètres de ses itinéraires psychiques pour mieux s'adapter à chaque interlocuteur.

— C'est quoi, le brief ? demande Benjamin.

— T'inquiète, je peux me débrouiller… Même si le mec du planning strat' m'a proposé un angle débile.

— C'est quoi, le brief ?

— Comme d'hab. Élever l'image d'une marque de bijoux fantaisie un peu ringarde…

— Et l'angle ?

— Le bijou permet de révéler toutes les facettes de notre personnalité. C'est nul ! Le degré zéro de la stratégie. J'en peux plus de l'exaltation du moi conscient…

— Alors conteste ! Propose mieux. Tu veux me rappeler sur Teams ? On regarde ça ensemble. Si tu veux bien. Ne te sens pas obligée…

Comme tout ça doit lui manquer… Je le rappelle comme au temps de nos interminables visioconférences nocturnes. Nous n'allumions pas nos caméras, par respect pour nos intimités respectives. Ce soir ne fait pas exception.

Je projette le brief. Benjamin m'écoute tandis que je présente les diapositives. Il souligne simplement la qualité douteuse des bijoux, dont certains ont l'air en toc. J'ouvre ensuite une page Word pour lui montrer l'ébauche d'un premier scénario.

« Intérieur nuit. Appartement haussmannien. En caméra embarquée, nous passons du couloir à la salle de bains. La porte s'ouvre. Zoom sur les étagères. Nous découvrons une bague posée entre un pot de crème et un rouge à lèvres. Close-up sur la bague, dont la grosse pierre incrustée évoque un œil. »

— C'est quoi, l'idée ? demande Benjamin.

— Je veux faire parler la bague. J'imagine un truc à la Woody Allen. Comme l'ouverture de *Manhattan*. La bague commence sur une envolée lyrique, se corrige, revient sur ses mots… On pourrait entendre du jazz.

— J'adore le délire « bijoux indiscrets ». Et tu veux qu'elle parle de quoi, cette bague ?

— D'elle-même. Elle pense à voix haute. Elle raconte n'importe quoi. Elle pourrait dire qu'elle aurait aimé être une femme, qu'elle se serait appelée Charlotte…

— Je croyais que t'en avais marre de l'exaltation du moi conscient ? Tu penses vraiment que Madame Michu en a quelque chose à foutre, qu'elle ait l'âme d'une Charlotte ? Il te faut un truc plus fort… Elle veut quoi, Madame Michu ?

— Je sais pas, moi. Réussir sa vie. Être quelqu'un de bien. Qu'on l'aime.

— Et donc ?

— La bague pourrait témoigner d'un lien entre deux personnes. Mais l'amour, c'est pas un peu cliché, surtout pour des bijoux ?

Je reprends le texte. Benjamin découvre mes mots à mesure que je les tape.

« J'étais là, quand elle a dit oui. Enfin, j'étais à son autre doigt. Moi, je suis la bague que lui a offerte son meilleur ami. Ils se sont un peu perdus de vue, mais quand elle me fait tourner autour de son index, elle repense à lui et un sourire mélancolique éclaire les mille facettes de son visage. Il lui manque. Elle se demande… »

Benjamin attend la fin du paragraphe pour donner son avis.

— Attention… Canalise ton imagination, Paloma. La perte ne fait pas vendre. Raconte une histoire. Une vraie histoire, avec de vraies personnes.

— OK. Je tente autre chose.

« J'ai connu sa sœur avant elle. Blonde, belle, heureuse. Une fille qui avait le goût du bonheur et de la réussite. Un soir, elle m'a passée au doigt de sa petite sœur. Une adolescente brune et maussade que personne ne prenait au sérieux dans la famille… »

— Tu réécris Antigone ? commente Benjamin d'un ton amusé. Et puis quoi encore ? Tu vas me citer *L'Aiglon* d'Edmond Rostand : « Et nous les petits, les obscurs, les sans-grades… » ?

— Je ne peux pas être trop réaliste non plus. Imagine, si la bague racontait qu'elle était un cadeau de Monsieur Michu, pour se faire pardonner d'avoir trompé Madame avec la voisine…

— En même temps, complète Benjamin, Monsieur Michu a peut-être ses raisons. Je suis sûr que Madame se laisse aller. Si ça se trouve, il ne l'a épousée que par charité…

— Il préférait sa sœur. Tout le monde sait qu'elle est mieux foutue et que c'est la reine des fellations…

— Paloma ! Je t'en prie… Bon, on reprend. Concentration. Qu'est-ce que tu aimerais que la bague te dise, à toi ?

J'aimerais qu'elle épilogue sur les rencontres. Les vraies rencontres. Celles qui nous marquent au fer rouge et dévient le cours de nos existences. La bague pourrait rendre hommage à ces amitiés que nous avons tous connues, au moins une fois dans nos vies, et sans lesquelles nous ne serions pas tout à fait les mêmes. Ces amis que nous avons idéalisés, dont nous sommes tombés un peu amoureux, pour ensuite les aimer dans leur entièreté, pour ce qu'ils sont, de manière platonique et apaisée. Qu'ils parlent trop vite ou trop lentement, qu'ils regardent le ciel ou leurs pieds, que leur intelligence soit à l'épreuve de la rue ou aguerrie par les livres, qu'ils soient perdus ou qu'ils nous guident, tous sont devenus essentiels et nous ne saurions nous passer d'eux. Bien sûr, je laisserais planer le doute : la bague parle-t-elle de sa rencontre avec celle qui la porte ou bien d'une amitié qu'elle aurait scellée et dont elle serait le rappel ? Benjamin m'a appris qu'il fallait toujours ménager une place au consommateur pour qu'il puisse se glisser entre les mots sans s'y sentir trop à l'étroit.

— Je veux qu'elle parle d'une rencontre. C'est ça le concept. Elle parle d'une amitié. C'est simple. C'est beau.

Cette bague sera mon hommage à Benjamin. Ma manière de lui dire tout ce que je ne parviens pas à exprimer de vive voix. Un merci de trente secondes, signé d'un logo.

— Eh bah voilà !

— On l'écrit ensemble ? Je commence une phrase et tu la termines ?

— Je vais te laisser. T'as plus besoin de moi. Bonne nuit.

— Mais…

— On se voit à mon retour ? Et bravo ! Il va être super, ton film.

— Bonne nuit.

Benjamin raccroche. Il est minuit passé. Dehors, les éclats de voix faiblissent. Je n'entends plus de musique. Le Mauri7, un bar encastré dans le passage Brady, doit être en train de fermer.

Les phrases prennent soudain forme dans mon esprit. Des mots s'aimantent, articulent un langage encore inédit sous mes doigts. La transe s'empare de moi. Je perds la notion du temps, de l'espace. Les repères se dissolvent. Un bref instant, toutes les Paloma que je suis et que j'ai été entrent en fusion. Les myriades de sensations qui m'ont un jour traversée déferlent. J'y prends sans doute plus de plaisir que je ne devrais. Un slogan jaillit enfin, en guise de conclusion. *Laissez parler vos bijoux.* Non. *Vos bijoux parlent pour vous.*

Au moment où je m'apprête à retrouver mon lit, mon téléphone se met à vibrer. Plusieurs notifications s'affichent. Teams. Teams. Teams. Il y en a une dizaine. Je clique sur la plus récente.

J'atterris sur une conversation groupée, avec quatre filles de l'agence. L'une d'elles a partagé le lien d'un compte Instagram, ajoutant : « Matez la story. » Une autre a répondu : « C cho. »

Le lien me renvoie sur la page du compte Balance ton agency, lequel dénonce les nombreux abus commis au sein des agences de publicité françaises. J'en ai déjà entendu parler. Je jette un bref coup d'œil au feed. On y trouve pêle-mêle des accusations anonymes, des phrases « problématiques » entendues dans différentes agences ou encore des chiffres concernant la détresse psychologique des salariés français.

En story, je découvre les captures d'écran d'un long message accusant un certain B. E., directeur de création chez A.T.K. Luxe, de harcèlement sexuel. Le nom de son auteur est barré, mais je devine qu'il s'agit d'Anaïs. Elle parle du mail, des photos érotiques, lesquelles lui ont paru « dégueulasses ». Pauvre Helmut Newton. Elle évoque les appels en absence, exagère leur nombre, ment sur l'heure. Elle extrapole, invente de prétendus regards libidineux, avant de s'en prendre à l'agence. Elle reproche à A.T.K. de couvrir un homme au comportement problématique et aux mains baladeuses, tripotant sans gêne ses collaboratrices féminines lors des soirées d'agence (elle doit ici faire allusion à la vidéo de la lambada). Pour terminer sur une note humoristique, elle affirme qu'elle aussi serait prête à harceler ses collègues si cela pouvait réduire sa charge de travail et lui permettre de rester chez elle, tranquille, en télétravail permanent. Elle précise tout de même que c'est ironique et qu'elle ne veut en aucun cas blesser les autres victimes. Le message, posté en plusieurs fois, est accompagné de commentaires rédigés par l'administratrice du compte Instagram : « Merci aux victimes d'oser dénoncer » ou encore « Les victimes sont nos héroïnes ». À la fin de la story sont partagées les premières réactions des membres de la communauté : « Bravo pour ce nouveau témoignage », « N'importe quoi le télétravail forcé ! », « J'espère qu'il va prendre cher. Ça va faire du bien à toutes les victimes ».

Mon téléphone vibre à nouveau. Je pense à Benjamin. À l'heure qu'il est, il a dû tirer ses rideaux. Il s'est mis au lit. Peut-être est-il en train de lire. Peut-être repose-t-il le volume sur sa table de nuit, et éteint-il sa lumière. Paraît qu'on dort bien en Vendée.

Vos bijoux parlent pour vous. Et pour Benjamin, qui parlera ?

La Loi de la pub

Margot Wilson **Jeu 28/02/24 09:00**
À : A.T.K. LUXE salariés + 1 autres
CC : Elodie Arnodin, Laurent Tomasi, Ariane Kerr

Chers tous,

Suite aux publications récentes du site Balance ton agency concernant A.T.K. Luxe, nous souhaitons adresser la situation de manière claire et directe.

La responsabilité principale d'A.T.K. est d'assurer des conditions de travail optimales pour tous, garantissant la santé, le bien-être et la sécurité de chaque membre de l'équipe.

Dans le contexte actuel marqué par diverses crises et tensions, il est essentiel que notre agence demeure un lieu propice à la productivité, à la collaboration et à l'innovation. Nous souhaitons que chacun puisse travailler dans les meilleures conditions et avec plaisir. Nous valorisons l'aspect collectif de notre organisation et sommes déterminés à écouter et agir lorsque des problèmes sont identifiés. Si des collaborateurs rencontrent des difficultés, nous nous engageons à rechercher des solutions pour améliorer leurs conditions de travail.

Nous vous rappelons que des interlocuteurs au sein de l'agence sont là pour recueillir vos témoignages en toute confidentialité. De plus, nos partenaires sociaux sont disponibles pour toute écoute ou assistance.

Nous sommes tous à votre disposition si vous souhaitez nous parler et nous vous embrassons.

Margot, Clothilde, Élodie, Laurent, Ariane.

J'aimerais signaler cet e-mail, le déclarer comme courrier indésirable. Au lieu de quoi je le range dans un dossier intitulé « Vie Agence ». Une émotion nouvelle s'empare de moi. La rage. J'ai envie de faire exploser A.T.K. Qu'il n'en reste rien. Réduire cette forteresse à néant. Danser sur ses décombres sous un ciel de cendres fumantes.

Qu'est-ce que la direction entend par « adresser la situation de manière claire et directe » ? Il n'y a rien de clair ni de direct dans ce message. « L'agence s'engage à écouter et agir. » Écouter qui ? Agir comment ? Vont-ils prolonger le télétravail forcé de Benjamin jusqu'à ce qu'il finisse par démissionner ? Ils peuvent opter pour une guerre d'usure. Sera-t-il contraint de suivre toutes sortes de formations anti-harcèlement dans une logique de réinsertion ? Par fierté, il refuserait, quitte à s'incriminer davantage. Sera-t-il tout simplement licencié ? J'aimerais bien leur parler, moi, à ces « interlocuteurs », à ces « partenaires sociaux ». Qu'ils le recueillent, mon témoignage.

J'en veux presque moins à Anaïs, la stagiaire, qu'à ce bâtiment tout entier. Elle n'est que le fruit de son époque, et la fille d'une avocate spécialisée dans le droit des femmes, ai-je appris ce matin en écoutant ce qui se disait aux tables d'à côté. Non, j'en veux plutôt à la transparence d'A.T.K. J'en veux à sa redoutable fonctionnalité. J'en veux à ses plafonds trop hauts et pleins de tuyaux, à ses plateaux aseptisés, à ses minuscules salles de réunion cubiques et trop éclairées, à ses cabines téléphoniques sans téléphones, à ses murs de casiers électroniques. Parce que nous appartenons à cette forteresse, de l'acier liquide coule dans nos veines. Nous n'agissons plus en humains. Nous obéissons à une logique sans remords ni pitié.

Les cinq signataires de cet e-mail sont sûrement convaincus de l'innocence de Benjamin. Et même s'ils ont des doutes, ils s'imaginent bien qu'il n'est pas assez idiot pour faire des avances à une gamine sur la boîte mail d'A.T.K., laquelle est tout sauf privée. S'ils ont vu les images en question, celles qui ont soi-disant traumatisé Anaïs, ils ont dû comprendre le quiproquo. D'ailleurs, une conversation de cinq minutes entre Anaïs, Benjamin et Margot Wilson aurait mis fin à toute cette histoire. La Reine Margot aurait été forcée de reconnaître la méprise d'Anaïs et cette dernière aurait dû présenter des excuses à Benjamin pour avoir nui à sa réputation par des accusations chimériques. Benjamin aurait même été capable de lui pardonner. Mais non. La direction a mis en place toutes sortes de protocoles absurdes afin d'éviter une confrontation pourtant salutaire entre l'agresseur présumé et sa prétendue victime. Télétravail forcé. Responsabilités réduites. Enquête interne. Une perte de temps, provoquant un raz-de-marée de ragots et d'insinuations mensongères. C'est comme s'ils l'avaient fait exprès. Ils ont attendu le dernier moment pour se prononcer. Ils auraient pu éviter que l'affaire ne devienne publique. Pourquoi ont-ils laissé les choses s'envenimer ? Le temps joue contre Benjamin. D'ailleurs, même ce mail arrive un peu tard. Les messages d'Anaïs, publiés sur le compte Balance ton agency, remontent à la semaine dernière.

Salomé s'avance vers moi au pas de course, ralentie par le poids de ses Doc Martens. Quelques têtes suivent du regard le tragi-comique de sa démarche. Elle prend la chaise vide à côté de moi.

— T'as lu le mail ? me demande-t-elle d'un ton sec.

— C'est n'importe quoi. Passe-moi ta gourde, je vais faire des cocktails Molotov. Faut que ça pète, que ça explose…

— T'as plus huit ans, Paloma.

Salomé me jette un regard dédaigneux.

— Pourquoi envoyer ça maintenant ? poursuit-elle. Benjamin sera convoqué la semaine prochaine. C'est comme s'ils le condamnaient avant même qu'il ait été jugé. Et encore… Est-ce qu'on peut appeler ça un jugement ? Une accusation, à la rigueur.

— Tu peux parler un tout petit peu moins fort ? dis-je en chuchotant.

— Une minorité silencieuse, ça ne sert à rien ! Vive les minorités hurlantes.

Satisfaite de son bon mot, Salomé jette un regard circulaire pour scruter les réactions sur les visages de nos collègues. Leur stoïcisme encourage son juste courroux.

— J'en peux plus de cette hypocrisie, ajoute-t-elle. Qui, ici, est assez con pour croire à cette histoire ? Nan mais sérieux. Benjamin ? Un harceleur ? L'homme le plus doux, le plus sophistiqué, le plus intelligent que je connaisse. Le seul mec qui tient encore la porte et ne coupe jamais la parole.

— Peut-être que Margot n'avait pas le choix… Tout ne dépend pas d'elle, tu sais…

Je ne sais pas pourquoi je prends sa défense, sans doute par réflexe. Dans une discussion, j'ai toujours besoin d'adopter une posture contradictoire.

— J'ai regardé. Il y a 300 000 personnes qui suivent le compte Balance ton agency sur Insta. Margot était obligée de réagir. Mais ça ne veut pas dire qu'elle compte le virer. Ils ont fait ça pour leur image, c'est tout. Benji sera rapatrié quand tout le monde sera calmé.

— Et tu trouves ça normal, toi, de sacrifier un innocent pour conserver une respectabilité de façade ? me demande Salomé.

— Moi non, mais A.T.K. oui. Une entreprise ne peut pas se permettre d'avoir des états d'âme, sinon elle coule.

— Tu oublies qu'il y a des êtres humains derrière une entreprise. Et en tant qu'êtres humains, on a toujours le choix. Cette abominable affaire Esposito est un soufflet à la justice, s'emporte-t-elle à la manière d'un Zola d'open space.

Salomé clame son « J'accuse », haut et trop fort, sans se soucier des autres qui nous écoutent tout en feignant de discuter entre eux. J'ai beau trouver la démarche admirable, j'aurais tout de même préféré qu'elle choisisse un autre interlocuteur. Son devoir est de parler, poursuit-elle. Elle refuse de se rendre complice d'une telle hypocrisie. Anaïs est un esprit complotiste, hanté par un spectre contemporain : le patriarcat. Elle cherche à donner un sens à son existence en se gargarisant d'intrigues romanesques. Son récit, pourtant absurde, est parvenu à contaminer l'ensemble d'A.T.K. Elle a hypnotisé tout le monde. Autrefois, les stagiaires étaient des petites choses fragiles, sans défense. Ils n'avaient pas la morgue d'aujourd'hui. Que s'est-il passé pour qu'une gamine terrorise ses aînés et leur impose sa version de la réalité ? Plus personne n'ose prendre la défense de Benjamin par crainte d'être accusé de complaisance envers un criminel. Le crime, le véritable crime, enchaîne Salomé, c'est la lâcheté. Pourquoi personne ne se lève ? Pourquoi personne ne soutient publiquement Benjamin ? On le débine parce que c'est de bon ton. On se détourne de lui par confort. Les garçons ont si peur d'être associés à lui qu'ils sont devenus ses plus virulents détracteurs, même ceux qui étaient ses amis.

J'essaie de calmer Salomé, mais elle refuse de baisser la voix. Je lui rappelle que ce n'est pas si mal que la parole des femmes se soit libérée, même si c'est dommage qu'il y ait des victimes collatérales. Je suis pour la nuance. Rien n'est entièrement bon ou mauvais. Il y a un juste milieu. Salomé répond que Benjamin aussi a toujours défendu la nuance. Et où cela l'a-t-il mené ? Dans l'impasse, dis-je en baissant la tête. Elle m'enjoint de prendre ma plus belle plume pour répondre publiquement à la Reine Margot. Si je raconte ce qui s'est véritablement passé en réponse à son e-mail, plus personne ne pourra ignorer la vérité. Et lorsque Benjamin fera face à ses juges, la semaine prochaine, mon texte fera office de preuve. Sans cela, poursuit Salomé, c'est perdu d'avance.

Comment lui dire que cela m'est impossible ? La précarité de ma situation m'empêche de prendre parti. Je hoche la tête, sachant par avance que je n'écrirai pas ce mail. J'ai 24 ans, je suis free-lance, je suis arrivée chez A.T.K. par hasard et l'agence n'a pas besoin de fournir d'explications pour me mettre à la porte. Régler mes factures peut prendre jusqu'à deux mois mais s'ils souhaitent se débarrasser de moi, ce sera fait dans l'heure. Salomé insiste. Elle signera le mail également. Elle lancera une pétition…

Je la coupe dans son élan pour lui rappeler que Benjamin saura très bien se défendre tout seul. Il est bon orateur. Il ne se laissera pas faire. Il désarmera le jury, dis-je pour la tranquilliser. Salomé riposte. Je ne connais pas Benjamin, dit-elle, pas *vraiment*. Elle le côtoie depuis sept ans. Ils ont voyagé ensemble, ils ont shooté à Tokyo, en Croatie, à Sao Paulo. Ils ont même partagé une chambre d'hôtel, un jour. Bref, elle sait qu'il ne se défendra pas. Elle prétend que je l'idéalise. Je réponds que son optimisme a dû déteindre sur moi. Salomé rétorque que l'optimisme, c'est bon pour les supermarchés Carrefour. D'ailleurs, ajoute-t-elle, son optimisme ressemble davantage à du fatalisme. Il n'a pas envie de se défendre. Il s'est laissé faire un gosse dans le dos et il se laissera licencier, si personne n'intervient. Je réponds qu'en réunion, il se bat toujours pour ses idées. C'est facile de se battre pour des idées, me coupe-t-elle. Benjamin crée sans ego. Il s'acharne à défendre ce qui lui semble être la proposition la plus juste, la plus humaniste. Il fait bien son métier, c'est tout. D'ailleurs, il n'en a pas, d'ego, et c'est bien le seul, regrette-t-elle. J'ajoute que pour lui, le « moi » est une illusion. Benjamin dit que nous ne sommes définis que par la somme de nos interactions. Salomé m'interrompt. S'il refuse de se battre pour sa propre cause, c'est à nous de le faire. Des postillons furieux paillettent l'écran de mon ordinateur. Je propose à Salomé de boire un café ou de sortir fumer une cigarette, mais elle insiste. Il nous faut écrire ce mail, maintenant. Elle ne me lâchera pas tant que ce ne sera pas fait. J'ai beau lui dire que cela ne changera rien, elle ne m'écoute pas. Maintenant. Maintenant. Allez. Je remarque alors les regards braqués sur nous. Les têtes se baissent aussitôt, d'un même mouvement.

Alors que je m'apprête à trouver une excuse pour me débarrasser de Salomé, Leïla, une fille du trafic, vient à ma rencontre. Dans la pub, le « trafic » coordonne les emplois du temps des créatifs. Elle me demande si je peux rejoindre Clothilde dans la grande salle de réunion vitrée aux allures d'aquarium. Elle a besoin de moi. Salomé tourne les talons, mais je sais qu'elle reviendra à la charge. Tant que je n'aurai pas écrit ce mail, elle ne me lâchera pas. Benjamin a dû l'appeler pour lui demander de ne pas me mêler à cette histoire. J'imagine qu'elle l'a mal pris.

Clothilde m'accueille avec un grand sourire plein de réserve et me tend un paquet de crocodiles Haribo déjà ouvert. Je refuse poliment. Ses grosses lunettes noires lui donnent un air sévère qui jure avec la douceur de son regard, étoilé des premiers signes de l'âge. Elle m'invite, d'une voix caressante, à m'asseoir en choisissant entre 10 chaises vides. Il n'y a qu'elle dans la salle. Pour me mettre à l'aise, elle commence par me féliciter pour mon scénario, celui écrit avec l'aide de Benjamin – ce que je ne précise pas, bien sûr. Les clients ont trouvé amusant de faire parler les bijoux. L'idée les a séduits, et ils aimeraient à présent que je la décline sur différents supports : affichage, PLV (un sigle désignant les visuels publicitaires disposés en boutique) et stratégie médias sociaux. J'ai quatre jours. Je ferai équipe avec Norma, une directrice artistique qui nous a rejoints il y a peu. Elle sent que nos univers peuvent correspondre. Elle a un bon feeling, dit-elle, ça va matcher. Ensuite, et si je m'en sens capable, je pourrai présenter mon travail aux clients. J'accepte. Oui, mille fois oui.

Ai-je encore le droit de me réjouir, en sachant Benjamin au purgatoire ? C'est ma première victoire en presque solitaire. Alors que je m'apprête à quitter la salle, j'ai l'impression que Clothilde aimerait me dire quelque chose. Ses lèvres tremblotent. Va-t-elle évoquer Benjamin ? M'annoncer son retour prochain ? Clothilde complimente mes boucles d'oreilles et me dit à demain.

Lorsque je retrouve ma place, Salomé a disparu. Je regarde autour de moi. On travaille. On discute en petits groupes. On passe des appels. On se dirige vers la machine à café ou on en revient. Une vie de bureau normale. Pourtant, j'ai l'impression que pour moi, plus rien ne sera jamais normal. Benjamin était ma normalité.

Est-ce que je devrais écrire le mail demandé par Salomé ? Ce serait la chose juste à faire. Juste, mais pas sans conséquences. Le moment est mal choisi pour me faire remarquer. Le client – la marque de bijoux fantaisie – a préféré mon scénario à celui du GPS. Enfin, d'Alizée. Ce qui était destiné à n'être qu'une piste deux, une voie créative annexe, s'est transformé en piste une. J'ai non seulement écarté le GPS de son propre projet mais j'ai également obtenu que le concept du scénario se décline en campagne publicitaire. Vais-je vraiment me saboter tout de suite ? D'un côté, Clothilde me propose des bonbons et un bel avenir. De l'autre, Salomé me pousse vers la porte de sortie. Qui ne choisirait pas les Haribo ?

J'aimerais que Benjamin soit là, qu'il me dise quoi faire. Lorsqu'il s'attaque à un problème, il prend tous les éléments en considération, surtout ceux qui ne vont pas dans son sens. C'est sans doute pour cette raison, l'autre soir, au téléphone, qu'il m'a dit de ne rien faire. Il ne l'a pas dit pour lui mais pour moi, pour m'épargner. Pourtant, Salomé n'a pas tort. Exposer la vérité, c'est-à-dire les faits, pourrait jouer en la faveur de Benjamin. De la même manière, se taire reviendrait à se rendre coupable de non-assistance à personne en danger.

Un texto de Jérémy, l'ébéniste de l'autre soir, s'affiche sur mon téléphone. Il m'a envoyé un émoji fantôme. Rien d'autre. Il doit s'imaginer que je l'ai ghosté, que j'ai déserté. C'est vrai que j'ai ignoré ses derniers messages. Nous ne nous sommes pas revus. Et pour Benjamin, est-ce que j'ai envie de devenir un fantôme ? L'émoticône me nargue.

Si je devais l'écrire, ce mail, qu'est-ce qu'il dirait ? En exergue, je pourrais citer Guy Debord, l'un des maîtres à penser de Benjamin : « Dans le monde réellement renversé, le vrai est un moment du faux. » La phrase est inspirée d'une formule de Hegel, « le faux est un moment du vrai ». Mais bon, ça, je n'ai pas besoin de le préciser. Non, l'idée serait de démontrer en quoi le principe dialectique de Debord permet d'éclairer le cas de Benjamin, sans accuser personne. Je ne souhaite pas m'en prendre directement à Anaïs mais la présenter comme actrice du « spectacle », entendu comme un « rapport social entre des personnes, médiatisé par des images ». Trop compliqué ? Sans doute.

Je pourrais sinon rappeler le contexte civilisationnel dans lequel cette histoire est survenue. Aujourd'hui, nous évoluons dans une société de droit. Un monde procédurier. Ainsi, la posture victimaire peut être envisagée comme une prise de pouvoir. Dans un tribunal, la victime attaque et l'accusé présumé est contraint de se défendre. Il perd en puissance. Tout le monde cherche à être la victime de quelque chose, pour se donner de la force, pour être résilient. Victime du système, du gouvernement, victime du divorce de ses parents… Nous nous trouvons des traumatismes à gogo. Tout devient toxique, abusif ou encore problématique. Ce qui implique…

Je bloque. Il faut aller à l'essentiel. Je dois rester factuelle. Je ne suis pas là pour rédiger une dissertation de philosophie ni pour briller mais pour sortir un ami, un frère, de l'embarras.

Je commence par évoquer le projet confié par Margot Wilson, puis j'expose le concept élaboré par Benjamin, reprenant mot pour mot ce que nous avons écrit dans la présentation – laquelle, d'ailleurs, n'a jamais été présentée à qui que ce soit. Je décris les images, leur donne du sens. J'excuse Anaïs de sa méprise, et rappelle qu'elle était absente le jour où nous avions besoin de son aide. Je précise que la veille, avec Benjamin, nous avions fini à minuit. Il était fatigué. Il a indiqué son numéro de téléphone personnel au lieu de son numéro professionnel dans le corps du mail. Une simple erreur d'inattention. S'est ensuivi un long quiproquo, ainsi qu'une série de sanctions injustes.

Je relis le texte plusieurs fois, corrige quelques coquilles, déplace des virgules, supprime tout ce qui pourrait s'apparenter à du pathos ou à une accusation trop directe envers Anaïs ou bien l'agence. Il n'y a plus qu'à l'envoyer. Est-ce que je n'irais pas divertir mes poumons avant ?

Sur la passerelle, je tombe sur Horace, un directeur artistique d'une trentaine d'années aux airs d'adolescent empâté. Il me demande du feu. J'agite ma cigarette électronique sous son nez, ce qui le fait sourire. Il me demande si ça va. En un mot, bien, en deux pas bien, dis-je. Il comprend. Ça doit me faire bizarre, dit-il. Je hausse les épaules et le laisse poursuivre. Il a toujours bien aimé Benjamin. Un drôle de mec, mais un vrai gentil. Ouais. Drôle. Gentil. Tout lui. Margot n'a jamais pu le supporter, m'apprend-il. Pour elle, cette affaire est une bénédiction. Elle a même dû garder une bouteille de champagne pour la semaine prochaine, dit-il, lorsqu'il sera enfin « jugé ». Elle n'attendait que ça, qu'Anaïs révèle l'affaire à Balance ton agency. Peut-être même lui a-t-elle soufflé l'idée, ajoute-t-il. Je tire des bouffées frénétiques sur ma cigarette électronique, jusqu'à l'écœurement. Aujourd'hui, c'est parfum madeleine. Comment ça ? dis-je. Il ne faut pas se laisser avoir par ses airs de Sainte Vierge, répond-il. Margot est féroce. Elle mord. Elle n'a jamais voulu de Benjamin au luxe. Il lui a été imposé par Élodie Arnodin, l'une des fondatrices d'A.T.K. Margot s'est démenée pour se débarrasser de lui, à grand renfort de chantages et de caprices, mais Élodie n'a pas cédé. Pour se venger, Margot n'a jamais confié à Benjamin que des projets bancals, des clients difficiles, en espérant qu'il finirait par poser sa démission. Un été, elle l'a même forcé à travailler tout le mois d'août sur une compétition qu'elle savait perdue d'avance. Les bureaux étaient vides ; elle devait penser qu'il ne viendrait pas. À la rentrée, elle était furieuse de voir qu'il avait badgé chaque jour. Elle aurait pu se débarrasser de lui pour abandon de poste. Raté. Je lui demande ce que Margot reproche à Benjamin. Il répond qu'il n'en sait rien. Elle dit qu'elle ne peut pas le sentir, qu'elle n'aime pas sa « vibe ». Sa tête ne lui revient pas, c'est tout. En tout cas, il est désolé pour moi. Pas facile de commencer sa carrière dans un asile de fous. Horace écrase sa cigarette et me souhaite force et courage.

Je relis le texte que je m'apprêtais à envoyer. Quelle idiote. Comment ai-je pu penser un instant qu'on en aurait quelque chose à faire de la vérité ? Salomé m'a laissé croire que j'avais du pouvoir. Je n'en ai pas et elle non plus, d'ailleurs. Je glisse le texte dans la corbeille. Effacé. Je vide la corbeille. Disparu. Deux heures de perdues.

Jérémy veut me voir ? Je ne suis pas contre. Besoin de me changer les idées. Je lui demande ce qu'il fait ce soir. Rien, dit-il. Alors voyons-nous. Où ça ? Chez moi. Quand ? Ce soir, pas trop tard.

Lorsqu'il sonne à ma porte, je ne lui laisse pas le temps de parler. Dans ma langue, « se voir » signifie baiser. Confus, Jérémy comprend qu'il doit se déshabiller. Il me demande quand même si je ne veux pas « me poser » un peu en retirant son pull. Je ne veux pas. Après. Plus tard. Je ne prends même pas le temps de me glisser sous les draps. Je lui offre mon corps nu. Qu'il en fasse ce qu'il lui plaira. Il me caresse. Il prend le temps. J'essaie d'accélérer les gestes, de précipiter les choses. Qu'on en finisse. Quelques coups secs et puis s'en va. Il n'a pas besoin de s'attarder sur chaque partie de mon corps. Jérémy traîne en langueurs superflues. Caresses. Baisers. Lorsque enfin il est en moi, j'aperçois le bouquet de mimosa que m'a offert Benjamin pour mon anniversaire, posé sur le bureau, dans un joli vase. Les fleurs jaunes ont séché. À quatre pattes, je le pointe du doigt. Je demande à Jérémy de me fouetter avec les fleurs momifiées, entre chaque coup de reins. Pensant peut-être qu'il s'agit d'un fantasme et que je l'ai choisi pour le réaliser, il s'exécute, peu sûr de lui. Je ne sens rien. Plus fort. Plus fort. Il me dit que ce n'est pas « son truc ». J'insiste. Des centaines de petites boules ocre glissent sur la couette et se désintègrent. Encore. Plus fort. Les rameaux séchés s'abattent sur mon dos sans douleur. Je veux avoir mal. Je veux sentir mon dos lacéré par les fleurs. Les tiges perdent leurs feuilles avant même d'avoir atteint ma peau. Je ne sens que le léger picotement de la sueur sur ma colonne vertébrale, mêlée à de la poussière de fleurs. Je repense alors à Michel Simon, dans *Drôle de drame*, lorsqu'il murmurait d'une voix frémissante : « Mes mimosas, mes mimosas. » La vieille tête cabossée de Michel Simon, en noir et blanc, se substitue à celle de Benjamin, dans un fondu enchaîné involontaire. Mon corps se met alors à trembler, comme électrisé. Y voyant sans doute une forme d'encouragement, Jérémy se vide aussitôt en moi.

Il se retire, jette les débris du bouquet au sol, puis le préservatif, et je roule à côté de lui sur la couette maculée de taches jaunes. Nous sommes là, ici, maintenant, côte à côte et rendus à notre étrangeté. Distants. Deux corps humides et froids. Les yeux fixent le plafond.

Il me demande pourquoi. Pourquoi le mimosa ? J'en avais envie, dis-je. On ne baise jamais que mystère contre mystère.

Je pourrais même aller plus loin, extrapoler. On ne vit jamais que mystère contre mystère. Et il manque soudain à ma vie le mystère que j'aimais le plus heurter. Benjamin.

Sait-il ce qui l'attend ?

Printemps précoce

Il fait étonnamment beau aujourd'hui. On dirait le printemps. Le ciel de mars, sans nuage, blanchit les bureaux d'une clarté matinale. Dehors, par la baie vitrée du quatrième étage, j'aperçois des coureurs longer le canal.

Le minuscule visage de Norma, ma nouvelle camarade de jeu, se fend d'un éclat de rire tandis qu'elle remet en place les mèches sombres qui tombent sur ses yeux, réduits à deux fentes joyeuses. Norma est directrice artistique. Nous faisons équipe depuis peu. Le contact chaleureux de son épaule contre la mienne me ferait presque oublier que derrière nous, dans la grande salle de réunion aux airs d'aquarium, les rideaux sont tirés. Tout est prêt pour recevoir Benjamin. L'heure du jugement approche. La Reine Margot est en place. Je l'ai vue entrer, il y a dix minutes, une tasse de Ricoré à la main.

Je tourne la tête et aperçois un petit chariot de victuailles, abandonné par Yannick, à côté de la porte. Benjamin aura droit à des chouquettes et une part de cake. Comme si l'on pouvait se défendre la bouche pleine.

Sur le ton de la plaisanterie, Norma me rappelle à l'ordre. Nous avons des bijoux à faire parler, dit-elle. Ce n'est pas parce qu'ils sont laids et de mauvaise facture qu'ils n'ont pas le droit de s'exprimer. Elle sait que ce n'est pas simple, que la Reine Margot et Clothilde de Ménil sont incapables de se mettre d'accord sur les textes et les visuels que nous leur soumettons chaque jour, mais nous devons avancer. Les clients attendent une nouvelle présentation en début de semaine prochaine. Le concept les séduit toujours, mais l'exécution peine à convaincre. Ils nous reprochent d'être soit trop publicitaires, soit pas assez. La critique étant vague, nous tâtonnons.

Norma me demande de relire le mail des clients, transféré par les filles du commerce, afin de nous assurer que nous n'avons négligé aucun impératif, même les plus « débiles », précise-t-elle. Je bute sur les mots, puis finis par me tourner vers la salle de réunion, une fois encore.

Devinant mon trouble, Norma suggère une pause. J'aurais préféré rester là, guetter l'arrivée de Benjamin, mais elle me tire du canapé. Je n'ai encore jamais évoqué le nom de mon ancien mentor devant elle. Elle non plus, d'ailleurs. C'est sans doute mieux ainsi. Peut-être a-t-elle pris le parti d'Anaïs. Elle travaille souvent à sa table, avec les autres directeurs artistiques. Ce serait idiot de m'aliéner son amitié avant même que nous ayons pris le temps de nous connaître.

Norma me trouve agitée. Pourtant je me sens calme, trop calme même. Un calme proche de l'inertie. Comme si cette histoire ne me concernait déjà plus. Tout à l'heure, Benjamin sera seul face à ses juges, dans ce tribunal fantoche aux rideaux tirés. Une chance de se disculper lui sera-t-elle même accordée ? Si la Reine Margot souhaite se débarrasser de lui, je doute qu'elle le laisse parler. Le télétravail sera-t-il prolongé ? Ou bien va-t-on le congédier, lui donner un carton et lui ordonner de vider son casier ? Avec un peu de chance, Benjamin s'en tirera avec un avertissement ou l'obligation de suivre une formation contre le harcèlement sexuel. En même temps, la chance, on ne peut jamais trop compter sur elle. Lorsque j'ai écrit, il y a quelques jours : « Souriez à la chance, elle vous sourira en retour », je n'étais pas sincère.

Norma me conduit jusqu'à la zone grise, le grand espace vide attenant au département luxe. Une fille en santiags est assise par terre, contre un mur, et parle à l'écran de son ordinateur portable, des écouteurs enfoncés dans les oreilles. « L'idée, c'est de *spreader* la *big idea* à 360 sur tous les *touch points* », dit-elle dans son plus beau franglais. Un langage aussi bâtard qu'approximatif. Je souris en repensant à Benjamin, lorsqu'il reprenait nos interlocuteurs en réunion. Si quelqu'un osait lui demander de « *sharper* » une idée, ou bien d'inventer un concept plus « *elevate* », il faisait semblant de ne pas comprendre. La défense de la langue française, comme anglaise, était pour lui un combat de chaque instant. « *Elevate* » est un verbe, disait-il, et non un adjectif. Les barbarismes avaient le don de le crisper. Il haussait une épaule, fronçait les sourcils, exprimant ainsi le malaise que cela engendrait chez lui.

Norma s'arrête un peu plus loin, devant les longues fenêtres rectangulaires qui donnent sur la façade du bloc ouest. Un poste d'observation aux airs de wagon-restaurant. D'ici, je verrai Benjamin se garer, puis passer les portes automatiques de l'agence. Je sais que je ne lui prendrai pas la main, que je ne lui ferai même pas la bise, mais je tiens à être présente lorsqu'il foulera la moquette hostile de ces bureaux.

Au lieu de me demander ce qui ne va pas – par indifférence ou délicatesse, je ne sais pas –, Norma me parle d'elle, de son ancienne agence. Elle regrette presque d'en être partie. C'était plus petit, son boss était taré, mais il ne régnait pas un tel chaos. Ici, dit-elle, elle a l'impression que tout ne se fait que dans le désordre et la confusion, bien qu'il n'y ait pas de maillon faible. Elle est même étonnée de la force de travail générale et de l'efficacité de chacun. Il n'y a que des premiers de la classe, me dit-elle. Mais c'est comme si Margot Wilson sapait nos repères, sciemment, qu'elle nous faisait vivre à ras bord de mails, de réunions, de shootings, de projets, afin que nous n'ayons ni le temps ni la disponibilité d'esprit pour contester son autorité ou simplement lui réclamer plus d'argent. On ne fait pas un putsch quand on a mal dormi, dit-elle. Et en dehors des commerciaux et de quelques rares privilégiés, il n'y a pas d'équipes fixes. Nous sommes des électrons libres placés ici ou là, pour répondre aux besoins de l'instant. Norma m'explique qu'elle a déjà fait office de leurre, sur un shooting photo, afin de justifier une facture mensongère. Margot Wilson l'avait appelée la veille du shoot pour lui demander de faire acte de présence : elle avait facturé au client deux directeurs artistiques au lieu d'un, sur l'ensemble du projet, afin d'augmenter ses marges. Norma n'était là que pour faire illusion.

Margot Wilson a des airs de sainte, dit-elle, et le génie d'une mère maquerelle. Elle magouille, endort nos instincts rebelles par des promesses nébuleuses, nous prend par les sentiments, nous fait tapiner à droite et à gauche. Elle serait même capable de nous faire gober du Xanax et du Lexomil à notre insu, pour peu que nous soyons un peu trop excités. Chez A.T.K., le contrat de travail a tout d'un contrat sadomasochiste, ironise Norma. C'est peut-être le côté gynécée, dis-je. Nous devons enfanter dans la douleur. Norma sourit. Douleur ou pas, ici, on fait surtout des enfants pour ne pas les voir, poursuit-elle. L'autre jour, elle a entendu un commercial se demander s'il pourrait enfin voir ses deux petites filles en rentrant chez lui, le soir. En général, elles étaient déjà couchées. Norma me demande si c'est normal. Je réponds que c'est ainsi que fonctionne A.T.K. depuis plus d'un an que je suis là, sans préciser que moi, j'ai été épargnée. Benjamin me tenait éloignée de la mêlée. Il veillait à ce que j'aie des horaires un tant soit peu vivables, quitte à faire le travail à ma place pour me libérer plus tôt. Il disait « va t'amuser » d'un ton protecteur. J'ajoute tout de même que je fêterai bientôt mes deux ans d'ancienneté. Norma sera-t-elle invitée à la fête ? Bien sûr. Il y aura un clown et des ballons, dis-je. Norma sourit. Elle a cette élégance mate qui me rappelle Benjamin.

Norma aimerait savoir comment j'ai atterri ici. Comme quoi je dois avoir des airs de métèque pour qu'on me pense à ce point étrangère à la pub. Tout le monde semble se demander ce que je fais là. Je suivais une fille, dis-je, sur Instagram. Une amie d'amie d'ami.

Bref, une fille cool, au carnet d'adresses bien fourni, mi-influenceuse mi-consultante. Un jour, elle a posté une story expliquant qu'elle cherchait des jeunes de moins de vingt-cinq ans pour participer à une étude qualitative. Il y avait 300 euros à la clé. J'ai immédiatement envoyé ma candidature, sans trop savoir dans quoi je m'engageais. Il fallait d'abord répondre à un questionnaire, puis à un bref entretien téléphonique. Pour une raison qui m'échappe encore, la fille m'a rappelée pour m'annoncer que mon profil avait été retenu. Pourtant, à cette époque, je ne savais rien de la pub ni de l'univers des marques. Un rendez-vous avait été donné en début de soirée, dans les bureaux d'A.T.K. C'était en avril. La Reine Margot nous attendait dans le hall. Je me souviens qu'elle portait un rouge à lèvres très rouge. Je ne savais pas encore qu'il s'agissait d'un artifice destiné aux clients qu'elle avait l'habitude d'effacer du dos de la main une fois l'affaire conclue. Elle m'impressionnait. Je fuyais son regard. La perfection des traits avait quelque chose de monstrueux, comme une belle image qui n'aurait pris vie qu'à demi. Une fois le panel au complet, Margot nous a fait monter au deuxième étage puis elle nous a installés en rond, autour d'une table basse, sur des poufs gris. Nous étions une douzaine. Les clients se tenaient en retrait et prenaient des notes. Autour de moi, il n'y avait que des stéréotypes de jeunes : l'hyper fluide, l'hyper Parisienne, l'hyper provinciale, l'hyper geek, l'hyper féministe, l'hyper décolonialiste, l'hyper écolo… Moi, je ne me sentais pas à ma place. Je devais être hyper normale, sans doute. Pendant quatre heures, Margot nous a posé toutes sortes de questions. Elle voulait savoir ce que nous pensions, ce que nous désirions, si nous avions commencé à nous maquiller en sixième ou au lycée, si les jeunes gens modernes aimaient leurs mamans, si nos grands-mères étaient nos idoles, si nous préférions aller en boutique ou sur Internet, si nous mettions du parfum pour séduire ou pour nous séduire nous-mêmes, si notre mal-être s'exprimait par un mal d'achat. On aurait dit qu'elle s'intéressait véritablement à nous. Elle soulignait chaque contradiction, répétait nos mots, nous poussait dans nos retranchements. Chacune de ses interventions dénotait une grande attention à l'autre, une certaine finesse psychologique. J'ignorais alors que Margot Wilson, en bonne publicitaire, avait une foi aveugle en la jeunesse, comme si cette dernière avait réponse à tout. La pub aimerait que « le jeune » soit le surmoi de notre société. Elle projette sur lui toutes sortes de fantasmes salutaires : le jeune est conscient, engagé, radical, hyper connecté… Il va tous nous sauver, en changeant sa manière de consommer. C'est oublier que la jeunesse est un temps de la vie, vécu par tous différemment, et non une catégorie socioculturelle homogène. Ce que j'avais pris pour de l'empathie, de la part de Margot, n'était finalement qu'une certaine forme de connivence à l'égard de ses propres fantasmes. Pourtant, je me suis laissé berner. Je me souviens même avoir pensé : plus tard, je veux être comme elle. À la fin de la séance, Margot est venue me parler. Son visage était si proche du mien que ma main s'est mise à trembler. Apparemment, mes réponses au questionnaire l'avaient impressionnée. Elle m'a dit qu'elle cherchait à former des concepteurs-rédacteurs, un métier en voie de disparition. Elle m'a donné rendez-vous à l'agence, la semaine suivante, pour me confier une première mission en free-lance. J'étais encore étudiante. Pendant quelques mois, pour une bouchée de pain, en parallèle de mes études, je suis devenue le prête-plume de la Reine Margot. Après l'été, elle m'a convaincue de quitter les bancs de la faculté pour rejoindre l'agence à plein temps. À 22 ans, j'étais trop heureuse qu'on m'offre une carrière pour oser réclamer un contrat à durée indéterminée et un salaire décent. Après m'avoir présentée comme « la perle rare », Margot Wilson s'est rapidement trouvé un autre poulain, qui a fini par se sauver. Pas grave. Moi, j'ai rencontré Benjamin et il m'a formée. Travailler avec lui, c'était comme… Norma me coupe. Elle me fait remarquer qu'il fait beau dehors, ce qui est bien dommage car nous avons encore du pain sur la planche. Je n'insiste pas. Je savais bien que je n'aurais pas dû parler de Benjamin.

Alors que je m'affale sur le canapé, Norma me glisse une petite phrase, suffisamment floue pour que je n'y réponde pas. Elle me dit que le mieux qu'elle puisse m'offrir, c'est de ne plus y penser. C'est amusant. Je me suis toujours persuadée qu'on ne pouvait jamais ni tout à fait s'entendre ni tout à fait se connaître. On s'aime comme on se déteste, sur un malentendu. Tout n'est qu'incompréhension mutuelle. On se prête des sentiments, des intentions, qui ne sont finalement que le reflet de nos propres névroses. Les volontés ne peuvent que se heurter. Il n'y a de rapport que dans la force. Nous sommes des antagonistes nécessaires. C'est ce qui fait avancer, dans la vie. C'est aussi ce qui explique pourquoi j'ai manqué d'amis, en grandissant. Je ne voulais pas me tromper ni tromper qui que ce soit. Je me disais que j'étais mieux à l'écart. Pourtant, Norma semble aller dans mon sens. C'est inattendu. Même avec Benjamin, tout est parti d'une méprise. Laquelle ? Je ne saurais trop dire.

Norma m'annonce qu'elle est attendue à un autre étage pour présenter des brochures dénonçant les différentes formes de harcèlement sexuel, une cause défendue par l'un de nos clients. A.T.K. a un drôle de sens de l'humour. Elle me propose d'avancer sans elle, autant que possible. J'ai également plusieurs points de prévus, sur d'autres sujets. Je ferai au mieux, je me débrouillerai. Elle me dit que je suis la meilleure, puis elle tourne les talons. Son téléphone, qu'elle porte en bandoulière, rebondit sur ses cuisses maigrichonnes. Je ne quitte pas les canapés. Mes yeux sont rivés aux rideaux gris de la salle de réunion. Benjamin ne devrait plus tarder. Il sera là. Bientôt, tout bientôt.

Le voilà. Il paraît enfin, son casque de moto à la main, à l'autre bout de l'open space. J'aperçois sa silhouette dans l'encadrement de la porte. Il est accueilli par des regards indiscrets. Les ordinateurs se ferment, les conversations s'interrompent. Seuls quelques éclats de voix nous parviennent en écho des tables les plus reculées. Une fille se lève puis reste debout, les bras ballants. On est là comme au spectacle. On vient assister à la marche du prince déchu. Le voir pour en parler aux copains, aux absents. On commencera sans doute par évoquer sa tenue. Certains trouveront pathétique qu'il porte encore des vestes en cuir, à son âge, et d'autres se demanderont s'il existe la même, en taille small, sur Vinted. On moquera sa coiffure, ses cheveux peignés en arrière, ses joues rasées de près, les rougeurs qui lui marquent le cou. Ils diront qu'il n'est pas si beau, pas si impressionnant. Un pauvre type. On jugera indécent le petit sourire flottant qu'il a toujours aux lèvres. Pourtant, Benjamin s'avance, la tête haute, l'air léger, entre les allées de tables. Il salue Leïla d'un geste de la main, deux doigts levés, comme il l'a toujours fait. Elle l'ignore, visiblement gênée. Horace s'avance vers lui, sans le voir, les yeux rivés à son téléphone portable. Lorsqu'ils se croisent, ce dernier s'écarte de son passage. Ce n'est sans doute pas le comité d'accueil auquel Benjamin s'attendait. Au moins, personne ne lui jette de tomates, ce qui n'empêche pas Chloé, l'assistante d'une directrice artistique, de filmer discrètement la scène. Elle a adopté un angle de vue en biais, par le bas – traître. C'est dommage. Un travelling arrière en contrechamp, comme dans *Les Sentiers de la gloire,* aurait été du meilleur effet. Chloé est la grande amie d'Anaïs. Les deux filles sont inséparables. Sans doute lui enverra-t-elle la vidéo pour qu'elle puisse voir ce qu'elle a manqué. Anaïs est en télétravail. Elle n'allait quand même pas risquer une confrontation délétère avec son prétendu bourreau. Pour ne pas se laisser distraire par les badauds, Benjamin regarde droit devant lui, là où ses yeux ne risqueront pas de tomber sur des visages inamicaux. Même ceux qui feignent l'indifférence, comme le GPS (Alizée, de son vrai nom), se cachent derrière leurs écrans pour l'observer. Encore quelques pas. Quelles pensées se bousculent sous ce front faussement indifférent ? Au moment de pousser la porte vitrée de la salle de réunion, Benjamin tourne la tête vers moi. Il me jette un regard blanc. *Cut*.

Je ne peux pas rester indéfiniment sur les canapés, à fixer les rideaux grisâtres de cet aquarium d'open space où Benjamin est retenu. Je retrouve ma place, au fond des bureaux. Si Salomé était là, j'aurais au moins quelqu'un à qui parler, mais elle est retenue sur un shooting jusqu'à demain. Salomé a beau me reprocher de ne pas avoir pris publiquement la défense de Benjamin, comme elle me l'a demandé, elle comprend aussi que j'ai mes raisons. D'ailleurs, elle non plus n'a pas répondu au mail de Margot Wilson. Elle doit bien savoir que c'est inutile, et ça l'arrangeait que ça vienne d'une autre. Elle aime Benjamin comme un petit frère, mais il n'est pas son frère. De la même manière, j'aime Benjamin comme un grand frère, mais nous n'avons pas grandi ensemble. Nous ne nous devons rien, en fin de compte. Chacun pour soi et sauve qui peut la vie.

Combien de temps va-t-il rester enfermé ? Je sais qu'il sera entendu par Margot Wilson, Clothilde de Ménil, ainsi que par la directrice des ressources humaines. J'imagine que la décision finale, celle de la sanction à appliquer, reviendra à la Reine Margot, qui est à cran, depuis quelques jours, en raison d'une compétition perdue et de clients capricieux. Clothilde a trop foi en elle pour contester son jugement, même lorsqu'il s'agit d'évaluer nos créations, ce qui relève pourtant de son domaine de compétence. Quant aux ressources humaines, je l'ai déjà dit, elles sont notre clergé. Les intérêts de l'agence sont pour elles le chemin, la vérité et la vie. Elles ont beau tenir un discours humaniste, elles n'en pensent pas moins, comme saint Luc : « Malheur au monde à cause des scandales ! Mais malheur à l'homme par qui le scandale arrive ! » Malheur à Benjamin. Parole d'Évangile.

J'attends. Je ne fais pas rien, pas tout à fait, mais j'attends. Toutes sortes d'idées idiotes me traversent l'esprit tandis que je cherche un slogan pour une marque d'enceintes et de produits audiophiles promettant un son « à l'américaine ». Je me dis qu'il faudrait que je passe un coup de pschitt sur les touches du clavier de mon ordinateur. Il y a du produit à disposition, vers la machine à café. J'ai regardé pas mal de films porno, hier soir, et je ne crois pas m'être lavé les mains en passant de l'un à l'autre. En général, je les passe en accéléré, pour arriver plus vite aux scènes de cunnilingus. Je repense à mon père, qui s'inquiétait toujours de savoir si je m'étais lavé les mains, quand j'étais petite. Au réveil, après l'étude, avant le dîner, après le dîner… J'ai l'impression que nos échanges se sont toujours limités à cela. La propreté de mes doigts, de mes ongles, de mes cuticules. Peut-être lui avait-on rapporté cet incident, lorsque j'étais en petite section. À l'heure de la sieste, un surveillant m'avait surprise en train de me frotter à mon doudou, Monsieur Pinpin, un petit lapin gris aux longues oreilles. Il m'avait dit que c'était mal, qu'il ne fallait plus jamais le refaire. Lorsque j'essaie de me rappeler son visage, je ne vois plus qu'une stupeur emplie d'effroi. Quoi ! Une bambine sexuée ? N'avait-il jamais entendu parler de la perversion polymorphe de l'enfant ? Sans doute pas. Pervers polymorphe. Je ne sais pas trop ce que ça signifie, et ce n'est pas ça qui m'aidera à trouver mon slogan. Avant-hier, j'ai revu un vieil amant furtif. Il m'a prise debout, contre un mur, dans son salon. C'était sec. Il a replié mon bras et l'a maintenu fermement contre mon dos, comme s'il allait me briser le coude. Je crois que ça m'a plu. J'ai plaisir à abandonner ma volonté. Quand on me demande ce que j'aime, précisément, je réponds que je ne sais pas. Pour une obsédée, je manque d'imagination. Moi, ce que je veux, c'est n'être plus qu'un orifice exalté. Je me cambre. Je me donne, comme une chose, une petite chose de rien du tout. Pourtant, c'est quand je ne suis plus rien que j'ai l'impression d'être tout. L'univers entier se réduit à mon corps. Il avale le monde, comme un trou noir. J'aime ça. L'orgasme, dans un big-bang inversé. Du tout au rien. Tiens, je crois que je l'ai, mon slogan. *Big Bang Sounds.* Non. *Boom for real !* Ça ne veut rien dire, mais c'est très bien. C'est ça, pour moi, un son à l'américaine.

Bon. Où en est le procès ? Un verdict est-il tombé ? Je suis supposée présenter des idées d'activation pour la fête des Pères, mais je m'aperçois que la réunion a été annulée. Pour la peine, je vais faire un tour aux toilettes, comme si j'avais besoin d'un prétexte pour passer devant l'aquarium. Les rideaux sont toujours tirés. Alors que je baisse mon jean, mon téléphone vibre sur le carrelage gris. Un texto de Benjamin s'affiche à l'écran. Il me propose de fumer une cigarette dans le jardinet du deuxième étage, si je ne suis pas trop occupée. Son audience aura duré moins d'une heure. Je descends. Dans l'ascenseur, une inconnue me fait remarquer que j'ai la braguette ouverte. C'est jour de paye, dis-je.

Une cigarette éteinte pendue au coin des lèvres, Benjamin m'attend à l'abri des regards, derrière une rangée d'arbres fruitiers. À l'observer de plus près, je me rends compte qu'il a l'air fatigué. L'œil est cerné, le teint terne. C'est le même homme, l'éclat en moins. À intervalles réguliers, les cris d'oiseau artificiels nous surprennent. Une plainte mécanique à laquelle je n'arrive toujours pas à m'habituer.

— C'était bien, la Vendée ? dis-je.

Je me rends compte que j'ai oublié de descendre sa gourde. Elle est toujours dans mon casier. Il y est attaché, à cause de cet autocollant, « *I love Deleuze* », souvenir d'un amour passé. Une fille l'avait collé là pour qu'il pense à elle chaque fois qu'il aurait soif. Ce serait cruel de la garder.

— Qu'est-ce que tu fumes ?

— C'est goût pop-corn.

— Inutile que je te demande du feu ?

— Je vapote. Désolée.

— Je suis trop con ! J'étais sûr d'avoir pris un briquet en sortant…

Je tends à Benjamin ma cigarette électronique, qu'il prend avec méfiance. Il étudie le cylindre de métal rose, le tripote, avant d'inspirer une première bouffée. Il manque s'étouffer en recrachant un épais nuage de vapeur blanche.

— C'est quoi cette pipe à crack du futur ? dit-il en toussant.

— J'ai rien de mieux à te proposer… Sinon, je peux aller te chercher un chewing-gum, dans le casier, au quatrième…

— Laisse. C'est très bien. Pop-corn, tu dis ?

— T'as pas l'impression de fumer une salle de cinéma ? Je trouve qu'on sent bien le beurre fondu. C'est texturé.

Benjamin hausse les épaules et tire des bouffées de plus en plus rapprochées, toussotant entre chaque inspiration.

— Alors, dis-je.

— Alors quoi ?

— On va enfin pouvoir se remettre à notre charte universelle des droits des écosystèmes ? J'ai perdu pas mal de points de karma, ces derniers temps… Faut que je me rattrape.

Benjamin ne réagit pas. Il sort son téléphone de la poche de sa veste et me montre un texto, envoyé par la Reine Margot : « *So sad* », accompagné d'un émoji triste.

— C'est une blague ?

— Il faut croire que non.

— Elle t'a envoyé ça quand ?

— Y a deux minutes. Le temps que tu descendes.

— Mais…

J'ai toujours pensé que j'étais dure. C'est faux. Je viens d'en avoir la preuve. Margot est dure. Ce texto, cet émoji, c'est ça, être dur. Moi, je ne l'ai jamais été. Je ne suis qu'un petit BN, avec une tête toute ronde et gentille.

— Ça veut dire… ?

— J'ai pas envie d'en parler, petite tête.

— Benjamin ! Réponds. Ça veut dire quoi ?

— Tchao Pantin.

— T'as pas le droit… C'est nul. C'est en dessous de toi. T'es pas Coluche, et t'es pas pompiste ! Moi, je te dirai jamais « *Oh captain, my captain our fearful trip is done* ».

— Tu vas m'engueuler, maintenant ?

Benjamin sourit. Pourquoi sourit-il ? Il vient de m'annoncer, sans le dire, que c'était fini. Ils l'ont viré. S'est-il même défendu ? Je suis sûre que non. Si ça se trouve, il se déteste. Si ça se trouve, au fond de lui, il se dit qu'il mérite ce qui lui arrive. Me serais-je trompée sur son compte ? Je pensais Benjamin invincible, sûr de lui. Je pensais qu'avec lui, rien ne m'arriverait. Mon vieux Sachem, mon cher mystagogue. Je n'ai pas cherché plus loin. J'aurais dû savoir. Un type qui a perdu sa petite sœur adorée dans un accident de voiture ne peut qu'être rongé par la culpabilité. Il doit se dire qu'il aurait pu la sauver, que s'il avait été là, ce soir-là, elle serait encore en vie. Bien sûr qu'il est terrifié à l'idée d'être papa, qu'il s'est laissé faire un enfant dans le dos comme il s'est laissé mettre à la porte d'A.T.K. Il se punit, se sabote. Il ne s'aime pas. Sa petite sœur fêtait ses seize ans à la Machine du Moulin-Rouge, à Pigalle. Il lui avait même prêté sa carte d'identité pour qu'elle puisse entrer, en espérant que les videurs ferment les yeux. Il ne l'avait pas accompagnée. Benjamin avait été admis en khâgne dans un prestigieux lycée parisien. Il ne lui restait que quelques semaines pour se préparer à passer le concours de l'ENS. Il avait la tête pleine de dates, de citations, de cartes de géographie… Pas le temps de s'amuser. Il l'a aidée à choisir sa tenue, lui a recommandé de ne pas faire de bêtises, et il l'a laissée partir pour se replonger dans ses révisions. Le matin, on lui apprenait qu'il ne la reverrait plus. Sa petite sœur avait quitté la boîte de nuit sans prévenir ses amis. En traversant la rue, une voiture l'avait percutée, avant de prendre la fuite. Un passant l'avait trouvée là, inconsciente, sur le bitume. Il avait appelé les secours. Le cœur de l'adolescente s'était arrêté dans l'ambulance. Le premier novembre, si vous cherchez Benjamin, il suffit de vous rendre au cimetière du Père-Lachaise. Vous le trouverez assis par terre, un écouteur dans une oreille et un autre posé sur la tombe de sa petite sœur, chantonnant leur air préféré à tous les deux : « *Finally, we're all alone…* »

— Je t'engueule pas, Benji. Pardon. Je suis désolée.

Benjamin tente d'estomper les deux plis, aux coins de ses lèvres, par un sourire contraint, pitoyable. C'est pour cet homme-là que je me suis torturée, pendant presque deux ans, craignant de ne pas être à la hauteur ? Je me suis précipitée sur chaque livre qu'il m'a donné à lire, sur chaque article, pour tenter de rattraper la distance qui nous séparait, qui me séparait, en vérité, d'une certaine idée de lui.

— Je fais un pot, bientôt, avec des copains, au Sans Souci. Viens. Je sais qu'on va moins se voir, mais ça ne veut pas dire qu'on doit s'oublier…

— Mais… C'est tellement injuste. T'as rien fait. Tout ça, c'est à cause de cette conne. T'as pas envie de tout casser, de tout brûler ?

— J'ai une tête de Sex Pistols ?

Comment fait-il pour rester si calme, si détaché ? Il m'a dit que la distance, c'était le secret d'une vie heureuse. Je l'ai cru. Je ne le crois plus. J'ai envie de le secouer, de lui donner une hache, un marteau… Pour la peine, je lui arrache des mains ma cigarette électronique.

— Raconte-moi au moins comment ça s'est passé !

— Je dois y aller, petite tête. Margot m'envoie un coursier, dans une heure, pour récupérer mon ordi et mon téléphone pro. Je les ai laissés chez moi.

Je suis sûre qu'elle serait capable de lui faire payer la course. Et lui qui me disait, il y a quelques semaines encore, que tout finirait par s'arranger.

— C'est tout ? dis-je.

— On se voit au Sans Souci ?

— Pour ton pot de départ ?

— Pot de départ. Pot de nouveau départ…

— Joue pas sur les mots ! C'est mon job, pas le tien…

Je raccompagne Benjamin jusqu'aux ascenseurs, les yeux rivés au caoutchouc de mes Converse. J'ai l'impression que le sol est maculé de poussière de fleurs. La poussière jaune du bouquet de mimosa que Benjamin m'a offert pour mon anniversaire. Je sens à nouveau l'impact indolore des branches contre mon dos, le chatouillement de la sueur, entremêlée de débris floraux, les timides allers et retours entre mes cuisses, et mes genoux frottés sur la couette.

— À quoi tu penses ? dis-je.

— À Marat assassiné dans sa baignoire.

Benjamin disparaît, happé par le mécanisme de la double porte métallique.

Qu'est-ce qu'il va devenir, maintenant qu'il a été renvoyé ? Et moi ? Qu'est-ce que je vais devenir, moi ?

Les Jours d'aujourd'hui

Ni hier ni demain. Seul aujourd'hui demeure. Interminable. Les jours se chassent et se ressemblent. Le présent met en marche son tapis roulant et les heures défilent tandis que je demeure, immobile sur la flèche du temps.

Un jour en vaut un autre, mardi se confond avec jeudi. Ma vie pourrait se résumer à une succession de situations déconnectées les unes des autres. Il manque un fil conducteur, une intrigue, des transitions plus excitantes qu'une boucle de mails ou un trajet en métro. La nuit est davantage une coupure qu'un point de passage. Le temps s'est comme disloqué.

Je vais de mon bureau en salles de réunion, d'amis en connaissances, d'un inconnu du soir au suivant. Mes jours sont ainsi faits de déplacements, de portes ouvertes et refermées, de discussions express, jusqu'à ce que le sommeil m'écroule. Le réel ne tolère pas d'ellipse. Même ce qui n'apporte rien à l'histoire doit être vécu. Il faut faire chaque chose, y compris les plus insignifiantes, parler de tout et de rien, à tout le monde et à personne. Je me sens comme détachée des séquences de ma propre existence et peine à faire le lien entre elles. Je ne ressens plus que des émotions discontinues, ponctuelles, souvent brèves, qui disparaissent sans laisser de trace. Des bribes de sentiments. Je me contente d'être la répétition inconstante de moi-même. Paloma Madar. Célibataire. Sans enfant. Travailleuse indépendante, ou plutôt auto-entrepreneure. Voilà, je suis ma propre entreprise. Pour entreprendre quoi ?

Pas grand-chose. Conceptualiser. Rédiger. Façonner l'imaginaire collectif. Ce que j'invente alimente une grande machine à rêves, produisant des récits sur mesure afin que chacun puisse se projeter, se sublimer. Je décrypte l'inconscient collectif pour transmuter les frustrations de la société en leviers de consommation. Une fois que l'on a mis à nu la mécanique psychique d'une catégorie de la population, on peut tout lui vendre. Du maquillage pour répondre à sa quête identitaire. Des vêtements pour habiller le vide existentiel. Des chaussures pour aller de l'avant, vers « un futur qui a de l'avenir ». Il suffit que je tende l'oreille et que je m'immisce dans les esprits pour deviner ce que le consommateur lambda n'a pas encore avoué à son téléphone portable. Comme dit Benjamin, un bon publicitaire, c'est d'abord quelqu'un qui sait écouter, qui sait capter les bruits du monde, effleurer le secret de la vie intérieure, et comprendre la manière dont ce secret interrompt la marche du temps. C'est de là que viennent les idées, les vraies idées, celles qui partent des individus pour leur revenir, à peine transformées, en boomerangs vendeurs. Je regrette nos déjeuners silencieux, lorsque nous écoutions ce qui se disait aux tables d'à côté…

À l'agence, Benjamin n'est même plus un sujet de conversation. Il s'est dissous dans le cloud d'A.T.K. Une fois qu'une personne a quitté la forteresse, on ne se soucie plus d'elle. Qu'elle soit restée six mois ou douze ans ne fait aucune différence. Tout a été pensé pour que nous ne laissions aucune trace de notre passage. Personne n'a de place attitrée, pas même la Reine Margot. Les bureaux sont libres, impersonnels. Vous ne verrez jamais une photo ni même un semblant de décoration traîner sur les tables. Parfois, quelqu'un oublie un mug ou bien un chargeur. Même nos casiers ne nous appartiennent pas vraiment. Nous passons de l'un à l'autre, lorsque nous avons besoin de ranger un sac de sport ou une tenue de rechange. La mémoire d'A.T.K. se réactualise chaque matin, quand les techniciennes de surface passent un coup de vinaigre blanc sur les bureaux.

Non, Benjamin ne manque à personne. Disparu de la circulation, du jour au lendemain. Je dois être la seule à me rappeler qu'il continue d'exister, autre part, différemment. Salomé ne l'a pas oublié non plus. Mais bon, nous n'avons pas le temps d'en parler. Nous nous voyons peu. Salomé est occupée. Elle s'apprête à faire le tour du monde pendant un mois : l'Argentine, la Californie, le Brésil, l'Australie, la Chine, l'Inde. Elle s'envolera avec Horace, le directeur artistique, ainsi que les filles de la production, afin d'immortaliser des vignes. Elle est constamment en train de courir d'un bout à l'autre de l'open space, quand elle n'est pas au téléphone avec les clients, une Maison de champagne cosmopolite.

Moi, mon temps est partagé entre les bijoux indiscrets, sur lesquels je travaille avec Norma, et mille petites tâches quotidiennes : écrire un poème sur les engagements environnementaux d'une marque de beauté, éditorialiser les réseaux sociaux d'une Maison de mode, inventer des concepts pour vendre des parfums bas de gamme, imaginer une campagne de noël, des idées de contenus pour la Saint-Valentin, remplacer un rédacteur absent ou trop occupé. On m'a également prévenue que je devrais bientôt écrire les textes d'un nouveau brand book. Au moins, les plaisirs sont variés, et je fais mes armes, même si je préférerais travailler sur des campagnes placardées dans tout Paris et écrire des films publicitaires qui seront diffusés à la télévision et au cinéma.

Ça viendra. En attendant, j'essaie de m'amuser, au moins un peu. J'expérimente. Je pitche des concepts subversifs à Norma tandis qu'elle insulte le distributeur du cinquième étage, constamment en panne. Je m'impose à des réunions castings sans avoir été sollicitée, pour me rincer l'œil sur les garçons. De temps en temps, je donne mon avis sur des intentions musicales, l'air de rien. Je m'assieds chaque jour à une nouvelle table, je rencontre du monde, je m'incruste dans les discussions, je grappille de nouveaux projets.

Parfois, il m'arrive aussi de me rebeller, d'imaginer des concepts frondeurs, de faire du hors-piste. J'essaie de devenir le petit grain de sable dans les rouages d'A.T.K. Mais bon, on me rappelle à l'ordre et je me laisse frustrer. Je sais que je n'aurai jamais le dernier mot.

Les filles du commerce n'étaient pas convaincues par la phrase « *Uncancel Yourself* » pour vendre un sérum contre l'acné. Pourtant, je sais de quoi je parle. Dès que j'ai un bouton disgracieux, j'annule (*cancel*) systématiquement tout ce que j'avais prévu de faire, que ce soit une fête, un date ou même un rendez-vous chez la gynéco. L'idée n'était pas complètement déconnectée du produit et de ses bénéfices. Je voulais dire qu'avec ce sérum, plus besoin de renoncer à quoi que ce soit. Les filles m'ont assuré que c'était trop politique, trouvant déplacée la référence à la cancel culture. La cancel culture, également appelée « culture de l'annulation », est une tendance née aux États-Unis consistant à ostraciser des institutions ou des individus considérés comme déviants, mal-pensants. En gros, du passé, faisons table rase. On déboulonne des statues et on brûle *Tintin au Congo*. Les filles m'ont d'ailleurs reproché de prendre implicitement la défense du réalisateur Roman Polanski, accusé de viol et d'abus sur mineur, à travers ce sérum. Ce n'était pas exactement mon intention, même si le double sens était voulu.

De la même manière, j'ai choqué un duo de directeurs artistiques en leur suggérant de tourner une publicité de parfums avec une réalisatrice de films X. La proposition m'a paru assez logique, voire un peu convenue. Qui mieux qu'Erika Lust, pionnière de la pornographie féministe, pour filmer l'excitation des sens ? C'était une manière de me faire pardonner le piratage éhonté de son œuvre, que je regarde chaque soir dans l'illégalité. Le cachet aurait largement remboursé ma dette. Allez, plus 12 points de karma ! Mais non, les garçons ont rigolé, un peu gênés, avant de s'adresser à quelqu'un d'autre.

On préférerait sans doute que je demande à ChatGPT de trouver des idées à ma place. Une intelligence artificielle, ou plutôt un simulateur conversationnel, programmé pour être à la fois conscientisé et intégriste. Lui, pour vendre des collants, il n'aurait certainement pas émis l'idée de faire poser une mannequin de soixante-dix ans, torse nue sous une veste d'homme et jambes écartées, clamant haut et fort : « J'ai brûlé mon soutif, mais j'ai gardé mes collants. » Et si je lui avais réclamé un slogan pour une marque de limonade, il n'aurait pas non plus répondu : « *I got a zest for life.* » Bien sûr que non, c'est trop exalté, même pour du citron qui pétille. On entend la batterie d'Iggy Pop, celle de *Lust For Life*, et on repense aux héroïnomanes du film *Trainspotting*, au monologue d'Ewan McGregor : « Choisissez la vie, choisissez un boulot, choisissez une carrière, choisissez une famille, choisissez une putain de télé à la con... » Les mots ne sont pas neutres, ils résonnent en chacun de nous, indissociables d'un imaginaire collectif.

Afin de calmer mes ardeurs dissidentes, on me dit que je suis perchée. On me fait comprendre qu'il serait fantaisiste de m'opposer à l'hyperindividualisme ambiant. Peu importe. J'argumente. Je négocie. J'insiste. Je refuse de dire qu'un parfum offre la liberté d'être soi et qu'un rouge à lèvres révèle la beauté intérieure du consommateur. Chaque jour, à ma manière – que l'on pourrait trouver maladroite et vaine –, je lutte contre l'empire du jardin secret.

Norma répète souvent que je perds mon temps, ce qui est un crime, ici. Si c'est ce que je cherche, je ne serai même pas convoquée dans le bureau de la directrice, m'a-t-elle dit. Non, on finira par me prendre pour la bouffonne de service, et personne n'ira jamais me confier de grandes campagnes de marques ni des budgets à 1 million. J'ai répondu que la pub devrait être un métier marrant. Nous sommes des bouffons par essence, alors autant y aller à fond. D'ailleurs, en matière de bouffonnerie, j'atteins parfois des sommets.

Sans vergogne, je dépouille le canon de la littérature mondiale. En lisant mes légendes Instagram, on risque de se prendre des Proustillons. Je n'arrête pas mon René Char. J'invite Michaux, Joyce, Mallarmé, ou encore Dylan Thomas et Alfred de Musset à se glisser dans mes textes. Lorsque je n'ai plus les mots, je feuillette les deux anthologies de poésie que m'a offertes Benjamin l'année dernière. Anglaise et française. Là, je fais mon marché, je vole un mot, je pique une idée, je subtilise un rythme. Le rapt est ma nouvelle méthode de travail, et le service juridique n'y trouve rien à redire. Ni vue ni connue.

Bien sûr, il arrive que j'aille trop loin. C'est vrai qu'on ne peut pas faire dire à une tomate « je n'ai pas à rougir de mes origines » ni même « c'est irremplaçable, le goût d'une tomate française ». Trop Rassemblement national. Trop Zemmour. Mais bon, je ne me prive d'aucune plaisanterie. Le mauvais goût a parfois du bon.

Au moins, je m'amuse un peu, contrairement à mes camarades de misère. L'autre jour, j'ai aperçu deux filles, face à face sur les canapés, en train de mimer toutes les manières possibles de se suicider. Il règne une atmosphère morbide dans ces bureaux, et ce n'est pas uniquement dû au mauvais temps. Après quelques jours ensoleillés, il ne fait que pleuvoir. À croire que nous sommes des poètes qui projettent leurs états d'âme sur la météo. D'un autre côté, la météo est notre seul ancrage dans le monde réel. Nous vivons en décalé. L'hiver, nous préparons l'été, et l'été nos PowerPoint sont envahis de neige, de cadeaux et de boules de Noël. Nous vivons avec une saison d'avance, quand ce n'est pas une année d'avance. Mais bon, pour une fois, nous ne sommes pas les plus à plaindre. Les modèles doivent poser en petite tenue dans des studios gelés, et porter des doudounes par 40 degrés.

On nous bride. Nous n'avons le droit de rien faire. Pas d'humour, pas de second degré, pas de double sens, et surtout pas de sexe. C'est Clothilde qui le dit. Pas étonnant que nous soyons dirigés par une petite protestante pudibonde qui rêve d'un monde peuplé de consommateurs isolés, seuls face au miroir.

Sans doute a-t-elle trop joué aux poupées Barbie, dans son enfance. Des figurines en plastique asexuées, dépourvues d'organes génitaux, faisant la promotion d'un consumérisme débridé : Barbie a toujours besoin de plus d'accessoires, de vêtements, d'un camping-car, d'une fusée… On peut même lui acheter des amis, une petite sœur, un faire-valoir, Ken. Elle était peut-être la seule petite fille au monde à ne pas emprunter les Action Man de ses cousins pour envoyer Barbie au septième ciel. C'est d'ailleurs sûrement avec Barbie que la Reine Margot a appris à sublimer ses pulsions sexuelles, entourée d'une débauche d'objets, de possessions, et d'une cour soumise à sa volonté.

De toute façon, la Reine Margot aussi est asexuée. Elle n'est pas une femme de chair et de sang. C'est un être plastique. Un écran. On ne peut pas s'identifier à elle, seulement projeter nos névroses, angoisses et frustrations. Elle est le vide-poche de notre inconscient.

La bouche est voluptueuse, mais pas provocante. On l'imagine mal lécher une oreille ou mordre un téton. Le regard ne s'illumine que lorsqu'elle entend parler d'argent, comme si elle avait fait un transfert libidinal sur sa propre trésorerie. Le reste du temps, le bleu des yeux ne suinte pas le stupre. Les seins sont trop parfaits, trop durs et serrés, pour qu'un pénis puisse s'y glisser. La peau est si délicate qu'on imagine mal son ravissant visage éclaboussé de sperme. Même sa fille, la petite Suzette, se plaint régulièrement sur TikTok de l'abstinence de sa génitrice. L'autre jour, elle disait que ça lui ferait du bien de s'envoyer en l'air de temps en temps. Elle trouvait sa mère à cran, stressée, hystérique. La gamine expliquait que ce n'était pas elle qu'il fallait envoyer chez le psy mais bien sa chère petite maman. Ensuite, comme toujours, elle s'est mise à danser, en crop top et jogging taille haute. Dans une autre vidéo, on voyait Suzette chiper la carte bleue de sa mère, commander un vibromasseur sur Amazon, déballer le colis et déposer le sex toy sur le couvre-lit beigeasse de la Reine Margot. Une musique ponctuée de « *oh no* » rythmait la vidéo, l'érigeant au rang de chef-d'œuvre éphémère : elle n'est pas restée en ligne très longtemps.

Que s'est-il passé pour que la pub devienne aussi lassante ? Lorsque j'étais enfant, je me souviens que j'adorais ça. C'était drôle, c'était bizarre, ça vous rentrait dans la tête. Je ne comprenais pas tout, mais ça me plaisait bien. Aujourd'hui, tout ce que nous créons se ressemble, les messages ne sont plus ni amusants ni intelligents. D'ailleurs, souvent, il n'y en a pas vraiment, de message. On préfère immerger le consommateur dans un « *mood* », un univers ponctué de quelques mots-clés, tous les mêmes. *I am Young. I am Wild. I am an Enigma. I am Creative.* Quel ennui… En réunion, j'ai d'ailleurs évoqué l'idée d'écrire une publicité narrative, avec une vraie histoire, un début et une fin. Quelqu'un m'a répondu que c'était trop « disruptif ». Un autre a trouvé la chose « casse-gueule ». Non, vraiment, la pub n'est plus ce qu'elle était. Benjamin s'en plaignait souvent, d'ailleurs. D'un autre côté, le monde n'est plus ce qu'il était. Même mon père m'a demandé, il y a peu, pourquoi Cerise de Groupama avait perdu en fraîcheur. Il préférait l'ancienne. La nouvelle le déprime. J'entends sa frustration. J'aurais pu lui expliquer que nous sommes passés d'un paradigme vertical à un paradigme horizontal, de l'élévation à l'identification, mais à quoi bon ? Je n'ai jamais trop su communiquer avec mon père. Lui non plus d'ailleurs. Je sais qu'il m'aime, sans qu'il ait besoin de le dire. Mais oui, je suis d'accord avec lui. Quelque chose s'est perdu, comme dans un vieux couple. Entre la pub et les individus, plus de mystère, plus d'audace, plus de séduction. Pourtant, enfant, je connaissais par cœur toutes les chansons des pubs qui passaient à la télé. *Pitch oh mon Pitch.* Il y avait une excitation lorsque sortait la dernière pub Oasis, Petit Bateau, Evian ou

Canal+. Aujourd'hui, plus personne n'attend rien de la publicité. Pire, on cherche à l'éviter. Elle nous traque, nous écoute, s'infiltre partout, elle parasite les vidéos que nous regardons sur YouTube et mine nos réseaux sociaux, les articles que nous lisons en ligne, nos pornos... Moi, par exemple, mon téléphone me déteste. Sinon, pourquoi me proposerait-il toute la journée des opérations de chirurgie esthétique, des vêtements amincissants, des régimes à gogo et des podcasts pour faire remonter la libido ? Je ne dois pas correspondre à son idéal féminin. Je le déçois...

Quoi qu'il en soit, moi, je refuse de devenir un parasite. Ce n'est pas ce que Benjamin aurait souhaité. Et même si je me demande toujours ce que je fais là, je me dis que j'ai tout à y faire. Ma mère m'a rappelé que j'étais tombée amoureuse d'un logo, à l'âge de quatre ans. Le petit personnage animé de Jean Mineur Publicité. Chaque fois qu'il apparaissait à l'écran et qu'il envoyait sa pioche valdinguer dans les airs, je me tortillais sur mon siège, rêvant de pouvoir un jour le retrouver. C'est mon monde. Et s'il ne me convient pas, à moi de le transformer.

Lorsque je retrouverai Benjamin au Sans Souci, si je le retrouve, je veux qu'il soit fier de moi. Il m'a appris à ne pas sous-estimer le pouvoir des jeux de mots, des sous-entendus, des belles images. Il disait que nous étions les « alchimistes du verbe ». Pour lui, notre métier consiste à calciner et purifier la phrase, afin d'obtenir l'incandescence finale des mots, « où s'incarne l'esprit ». Il employait souvent des expressions mystérieuses, comme « athanor conceptuel » (un athanor, m'avait-il expliqué, est un four alchimique), ou encore « nigredo, albédo et rubedo », les trois étapes nécessaires à l'alchimiste pour transmuter une matière vile en une matière noble. Comprenez : pour changer le plomb en or.

Benjamin ne voyait clair que dans l'obscurité. La toile référentielle de son esprit semblait avoir été tissée par une araignée névropathe, tressant un maillage trop dense pour que l'on puisse voir au travers. Elle formait des nœuds aléatoires à l'intersection de mots-clés éclectiques, entre musique afro-cubaine, patinage artistique soviétique, cercle de Vienne, internationale situationniste, peintres pompiers et tapis Bauhaus, ce qui permettait à Benjamin de disserter sur une infinité de sujets en imaginant des liens hermétiques au commun des mortels.

Benjamin Esposito était le meilleur d'entre nous. Quand le ciel s'ecchymose et que mes pensées s'épuisent, il m'arrive de relire les textes qu'il écrivait, conservés dans différents dossiers. En redécouvrant ses mots il me semble l'entendre, rassurant, calme, un peu hésitant, comme un pianiste virtuose qui chercherait ses notes, qui laisserait la phrase musicale se former sous ses doigts, et qui, emporté par le ravissement d'une délicieuse envolée, ralentirait à nouveau, incertain encore.

Personne ne comprend qu'il me manque, ou plutôt, à quel point il me manque. Et ce n'est pas uniquement parce qu'il m'invitait systématiquement à la cantine, que je n'ai plus les moyens de payer depuis son départ. Désormais, je dois apprendre à aimer la publicité sans lui.

Qui déposera des exemplaires de Guy Debord et de Philippe Muray sur le coin de ma table ? Qui m'éveillera à la peinture de paysage de la dynastie Song ? Qui me reprochera de ne pas connaître les enseignements de l'école de Palo Alto ? Qui m'expliquera la possible parenté entre le blues et la versification shakespearienne ? Qui me rappellera l'importance du *Loft* dans l'imaginaire collectif, et des déboires aquatiques de Loana dans le sien ? Qui évoquera avec émotion l'intelligence nostalgique pointilleuse-pointilliste du peintre Georges Seurat ? Qui s'épanchera sur le génie de *Rocky 1* et de *Rambo 2* ? Qui partagera avec moi des playlists Spotify dont les titres, mis bout à bout, racontent des histoires ? Qui sera mon nord, mon sud, mon est, mon ouest, ma parole et ma rengaine ?

Il me manque, et pourtant… Je ne veux pas aller au Sans Souci. Il sera triste et cela me rendra triste. S'il cherche à occulter sa peine en se montrant plus jouasse qu'à l'ordinaire, je ne serai pas dupe, et ce sera encore pire.

Qu'avons-nous à nous dire ? Je serai là, entourée de ses amis, d'anciens, peut-être de Salomé, et je me sentirai seule, à nouveau acculée au banc de touche.

Avec les hommes, je n'ai aucun mal à accepter les ruptures. Ils vont et viennent. Leur disparition ne me fait pas grand-chose. Je n'ai jamais pleuré un amant. Finalement, je suis comme A.T.K., un lieu de passage, moi aussi. Une disparition ne m'ébranle pas. Je m'attache aussi vite que je me détache. Quelques heures d'amour et puis s'en va. Pourquoi en serait-il autrement de Benjamin ? Nous avons fait notre temps. Inutile d'entretenir un lien précaire, voué à être rompu. Peut-être qu'après le Sans Souci nous nous verrons un peu, puis de moins en moins, puis plus du tout.

C'est comme ça, ah-lala-lala lala-lala, lala-lala…

Sans Souci

Pot de nouveau départ… Tu parles ! C'est ici, à l'angle de la rue Victor-Massé, au 65, rue Jean-Baptiste-Pigalle. La carte interactive de Google Maps n'a pas cherché à m'égarer. Dommage.

J'ai beau être en retard, très en retard même, je reste un long moment à fixer les grosses lettres en néon jaune du Sans Souci, à la rondeur rétro, comme s'il s'agissait du plan d'ouverture de ma vie d'adulte. Qu'est-ce que j'attends ? Que quelqu'un dise enfin « Moteur. Ça tourne. Action » ?

Si ça se trouve, Benjamin est déjà parti. Il m'a prévenue qu'il ne s'éterniserait pas. Pour Clara, le bébé. Il se prépare à sa vie de futur papa, même s'il n'en veut pas. J'aurais pu lui envoyer un message, au moment de quitter l'agence, pour m'assurer qu'il était encore là, mais je ne l'ai pas fait. Peut-être que finalement, je préférerais trouver une chaise vide. Ce serait plus simple.

Je m'excuserais, je lui proposerais de déjeuner ensemble ou bien de boire un Perrier, plus tard, quand il aura le temps, s'il le trouve. Je lui dirais que j'ai été retenue par Margot Wilson et sa folie des grandeurs. Elle m'a gentiment demandé d'imaginer ce à quoi pourrait ressembler un forum international du luxe au Louvre. À moi de divertir François Pinault et de surprendre Bernard Arnault. C'est vrai que ça fait des économies. Au lieu d'embaucher un scénographe et de faire appel à une entreprise spécialisée dans l'événementiel, elle s'est dit qu'une conceptrice-rédactrice de vingt-quatre ans, qui ne lui coûte que 1 700 euros par mois, serait plus rentable. Elle a quand même sollicité la nouvelle stagiaire du Planning stratégique pour me seconder. Ensemble, nous avons passé la journée, et une bonne partie de la soirée, à lister de potentiels intervenants et à inventer toutes sortes de formats « innovants » et « interactifs » pour détailler la programmation de l'événement. Pendant trois jours, les participants pourront assister à des conférences, des rencontres, des happenings. Il y aura également des ateliers, des expositions, des stands. Et pour clore le spectacle, un concert géant sera organisé sous la tour Eiffel, à la demande de la Reine Margot. Sans l'aide d'un directeur artistique, même junior, j'ai dû écumer Pinterest afin d'illustrer chaque idée. Un peu avant minuit, en plein atelier moodboard, le gardien d'A.T.K. est monté au quatrième étage pour nous demander d'évacuer les lieux. La ligne 5 était perturbée. Le métro est resté bloqué à la station Ourcq. Un crackhead en a profité pour nous faire un petit spectacle tandis que je me demandais comment organiser dans la même journée une conférence avec Bill Gates et une autre avec Leonardo DiCaprio. Benjamin comprendra. Il ne m'en voudra pas d'avoir manqué son ersatz de pot de départ. Lui-même a séché l'anniversaire de Clara, cette année, alors qu'elle est enceinte de lui.

Je me mêle tout de même aux fumeurs agglutinés devant les vitres du Sans Souci et tire quelques bouffées sur ma cigarette électronique pour me donner du courage. Qu'il soit là ou qu'il ne soit pas là, il m'en faudra.

Mon regard rebondit sur de l'inconnu. Ici c'est le Pigalle chic, celui des appartements haussmanniens, des belles boutiques d'instruments de musique et des artisans boulangers. Tout le monde est un peu plus âgé que dans mon quartier, un peu plus « évolué » aussi. Ils portent des Weston et des Veja, des jeans ajustés et des foulards en soie sauvage. Personne ne fume de roulées. Un type vient même de retirer ses gants pour allumer un cigarillo, des nuages parfumés de cigarettes électroniques s'échappent de plusieurs bouches. Ils ont de la tenue. Rue du Faubourg-Saint-Denis, chez moi, ça hurle, ça se bouscule, ça marche en bande, ça pisse contre les murs et ça danse au son d'enceintes portatives en se fichant bien des riverains. Mais après avoir eu vingt ans dans le 10e arrondissement, ceux d'entre nous qui feront carrière dans le cinéma, la musique ou la publicité passeront leur trentaine ici, à Pigalle. Ils abandonneront les Moscow Mule du Mauri7 pour le pinot noir du Sans Souci. Moi, je ne devrai renoncer à rien. Le Perrier est le même partout. Au pire, il coûtera un euro de plus ; je pourrai me le permettre.

Entraînée par l'élan de cette dernière pensée, je risque enfin un pied à l'intérieur du Sans Souci. Un jazz languissant et vieillot jure avec les spots roses qui éclairent les bouteilles d'alcool disposées sur des étagères encastrées dans le mur, derrière un bar en faux marbre recouvert d'un plateau de zinc aux reflets cuivrés. Assis sur des tabourets, au comptoir, les buveurs me tournent le dos. L'un d'eux discute avec la serveuse, une petite blonde espiègle et maniérée, pastiche réactualisé des cocottes de la Belle Époque.

À droite de l'entrée, duos et trios boivent sagement des verres de vin en se dévisageant d'un air profond. On dirait qu'ils prennent la pause, de la même manière que le bistrot prend la pause, grimé en authentique troquet de quartier bohème.

Outre le nom, je me demande ce qui a pu séduire Benjamin pour qu'il organise une soirée d'adieux au Sans Souci. En général, il tient salon à l'Étincelle, un PMU du 11e arrondissement fréquenté par la fine fleur des intermittents du spectacle, qui sert des nems en guise d'amuse-gueule. On y boit debout. C'est joyeux et bruyant.

— Paloma Madar, au rapport !

Je tourne la tête et j'aperçois Benjamin au fond de la salle. Il est assis sur la banquette rouge, entre deux hommes visiblement éméchés dont les visages me sont étrangers. Il me salue par son traditionnel V de la victoire, deux doigts en l'air, et me fait signe d'approcher.

J'essaie d'amortir le claquement de mes talons sur le carrelage en mosaïque pour aller vers lui le plus discrètement possible. Il a l'air joyeux, mon Peter Punk. Il s'est rasé, ce qui le rajeunit un peu, en dépit des cernes qui alourdissent ses yeux noirs. Le front est dégagé. Il a discipliné ses boucles argentées, coiffées en arrière. Je retrouve ce sourire unique, entre parenthèses. Oui, sa beauté est exclusive. Dès lors qu'on l'a vue, elle rejaillit sur les autres et les ternit. Dans l'obscurité du bar, éclairé par un plafonnier en forme de soucoupe volante, Benjamin Esposito apparaît comme un éblouissement.

— C'est à cette heure-là qu'on arrive ? me lance-t-il.

— J'ai eu du mal à m'échapper… La Reine Margot m'a mise aux fers.

— Jeff, Ludo, je vous présente Paloma, la relève…

Le dénommé Jeff, un quadra dégarni, quoique joli garçon, se lève et me salue d'une bise un peu raide. Ludo, son pendant mollasson, tend son poing pour me faire un check. Je m'assieds en face de Benjamin.

— Bon, elle boit quoi, la retardataire ? demande Benjamin d'un ton enjoué. Perrier rondelle ?

— Avec glaçons !

— Que la nuit pétille…

Benjamin transmet ma commande à la serveuse. S'y ajoutent une pinte de blonde et un pastis.

— Elle n'est pas là, Clara ? dis-je.

— Elle est restée à la maison, répond Benjamin. Elle était trop fatiguée.

— Salomé est passée ?

— En coup de vent.

— Y a eu du monde ?

Jeff m'apprend qu'en dehors d'un ancien d'A.T.K. personne n'a fait le déplacement. Ludo articule des paroles inintelligibles, mais véhémentes. J'en déduis qu'ils tiennent à leur copain, et qu'ils en veulent à tous ceux qui lui ont tourné le dos depuis son renvoi. Je n'aurais pas imaginé que son cercle proche ait pu croire à ces histoires de harcèlement. Jeff ajoute qu'ils sont arrivés tôt, pour l'apéro, et que ça va faire quatre heures qu'ils ont le cul posé sur cette banquette.

— Vous restez encore un peu ? dis-je.

— Jusqu'au bout du bout de la nuit ! répond Benjamin.

Jeff et Ludo sont heureux de me rencontrer enfin, disent-ils, en dépit des circonstances. Benjamin leur a beaucoup parlé de moi. Jeff m'apprend qu'il dirige les pages culture du magazine *Voici* et que Ludo travaille dans les assurances. Avec Benjamin, ils sont amis depuis le lycée. À l'époque, c'était l'intello de service, et les filles ne l'auraient pas touché avec un bâton. Ludo précise qu'il s'est bien rattrapé depuis, le salaud. Mais bon, il a fini par lui pardonner, pour Elsa. Jeff éclate de rire. Je demande qui est Elsa, sans obtenir de réponse. Jeff rappelle qu'il y a également eu Caroline et Natasha.

— Grâce à Paloma, coupe Benjamin, j'ai pu me marrer un peu, dans cette agence de mormons.

Je m'apprête à dire quelque chose mais Jeff me coupe. Il ne veut pas croire au puritanisme de la publicité. Ce n'est pas ce qu'il a lu dans *99 francs*, le roman de Frédéric Beigbeder qui dénonce les dérapages cyniques de la publicité dans les années 2000, sur fond d'excès en tous genres. Ludo lui dit qu'il ne faut pas croire tout ce qu'on lit, surtout si c'est pour le répéter dans *Voici* après. Jeff me demande si c'est fini, la cocaïne à gogo et le sexe à tout va.

— J'ai jamais lu *99 francs*, dis-je, mais il a raison, Benji, c'est devenu chiant à mourir, la pub. Personne ne se défonce. Pas de temps à perdre en déviances chimiques. Et personne ne baise non plus. Nous ne sommes qu'entre filles. J'ai bien une copine lesbienne qui fantasme sur la patronne, mais ça s'arrête là.

— C'est qui, ta copine lesbienne ? lance Benjamin, surpris.

— Norma. Une directrice artistique.

— Connais pas.

Je vois bien que ça le perturbe, d'imaginer ma nouvelle vie sans lui. Il a l'air ailleurs.

Ludo change de sujet. Il aimerait savoir pourquoi je ne bois pas. Est-ce pour imiter Benjamin, lui aussi sobre depuis toujours ? Ou bien est-il passé à côté d'une nouvelle mode ? Jeff demande si c'est à cause de la pub. Peut-être que ça nous saoule tellement qu'on n'a pas besoin de s'enivrer au-dehors.

— La dernière fois que j'ai bu, dis-je, j'avais dix-huit ans, et ça s'est mal passé. Ça m'a vaccinée.

Ludo comprend. Ç'a été la cuite de trop, dit-il, la « Der des Ders ». Je fais oui de la tête. C'est une manière élégante de le dire, la cuite de trop. Jeff me fait remarquer que j'ai encore l'air d'avoir dix-huit ans, et se moque gentiment de moi. Une semaine de sobriété, ça ne compte pas, ironise-t-il.

— J'ai vingt-quatre ans, dis-je, mais apparemment ça ne se voit pas trop…

Jeff et Ludo confirment. Ludo, lui, m'en aurait même donné seize. Il raille Benjamin en lui disant que c'est dangereux de traîner avec des adolescentes. Il me dit que je suis en sécurité et que je n'ai plus besoin de mentir sur mon âge pour protéger « le méchant monsieur ». Il sort son téléphone, faisant mine d'appeler la brigade des mineurs. Un silence passe. Ludo grommelle des paroles confuses et finit sa pinte tandis que Jeff me prie d'excuser la lourdeur de son ami. Il est bourré, ce n'est pas sa faute. Benjamin ne réagit pas. Il se contente de tourner la paille dans son verre de Coca.

Au-dessus de lui, une enfilade de miroirs reflète la façade noire à liserés d'or de chez Moune, un cabaret mythique aujourd'hui fermé. Fermé. Un peu comme Benjamin ce soir. Sous ses airs affables je sens comme une distance, une gêne. C'est son côté sphinx, sans doute. Benjamin peut se montrer à la fois chaleureux et absent. Il caresse la mousse jaune qui ressort de la banquette, éclatée par endroits, et laisse flotter son sourire à la manière d'un drapeau blanc.

Interrompant un nouveau silence, Jeff me demande ce que ça fait, d'avoir vingt-quatre ans. Il adore le concept. Lui, il n'a pas gardé beaucoup de souvenirs de cette époque. En même temps, lance Ludo, il ne voyait pas très net. Jeff admet qu'il était composé à 90 % d'alcool.

— Vous voulez que je vous le dise ? Vous êtes sûrs ? Parce que ça va être long…

— Dans le milieu, on l'appelle Babine Agile, dit Benjamin. Vous n'êtes pas prêts. Elle a un bon débit, la gamine.

— Je suis une 2000, dis-je. Ça veut dire que je me suis construite sur une déconstruction, dans un monde privé de sens sacré. Le 11 septembre 2001, j'ai vu s'écrouler le rêve américain, à la télé, depuis mon berceau. Quatre ans plus tard, mon héros, Michael Jackson, était poursuivi en justice pour abus sexuel sur mineur. Le mythe s'est effondré sur un autel de disques, de figurines à son effigie, de chaussettes blanches et de mocassins brillants en taille 32. Ensuite, j'ai découvert que les banques n'étaient pas infaillibles, que l'on pouvait perdre ses économies, et même son travail et sa maison du jour au lendemain. En 2011, un homme qui était pressenti pour diriger la France s'est retrouvé mêlé à de sordides affaires de viol et de proxénétisme en bande organisée. On se souvient tous de Dodo la Saumure… J'ai aussi appris que mes films et romans préférés avaient été écrits, réalisés, incarnés ou produits par une bande de pervers, de tordus, de racistes, de pédophiles, d'arriérés et de criminels en série. Devais-je renier tout ce qui m'avait faite ? Oui ! On m'a dit que mon identité était un mirage, une construction sociale, un puzzle putride à défaire de toute urgence. On m'a appris que le sexe ne veut rien dire, qu'il existe quelque chose comme le genre, une identité projetée plus valable que les attributs hasardeux de la biologie. Je peux être femme, homme, rien du tout ou les deux à la fois. Oh, et ce n'est pas tout… J'ai grandi avec des super-héros névrosés, en perpétuelle crise existentielle. Batman est dépressif. Spiderman irresponsable et paniqué. Iron Man, l'homme de fer, souffre en vérité d'un syndrome post-traumatique. Même mon James Bond est passé de tombeur à sex addict, et de gentleman à alcoolique. Pas étonnant que ma génération ait fait de la fluidité et de l'indétermination ses deux étendards. Être jeune c'est être liquide, indéfini. Nos combats me dépriment. On lutte pour conserver l'ordre établi au lieu de le renverser. On manifeste pour bénéficier des mêmes régimes de retraite que nos grands-parents, pour ne pas être tués en raison de notre couleur de peau, pour qu'il ne fasse ni plus chaud ni plus froid qu'avant, pour pouvoir faire un jour des enfants... On a hérité de mythes avachis, recroquevillés sur eux-mêmes comme s'ils avaient peur de leur propre volonté de puissance. Moi, je tapinerais pour un semblant de transcendance, je me couperais un bras, pourvu qu'on m'offre un grand récit auquel me rattacher, ou simplement une miette d'héroïsme à me mettre sous la dent. Être jeune, c'est être le ça d'une époque qui aurait aimé qu'on soit son surmoi. Nos parents nous ont élevés en phénix afin que nous sauvions le monde, comme si nous étions les derniers remparts contre le chaos et la barbarie. Résultat, on préfère écouter de la techno dans des caves et danser sous ecstasy sur les ruines du monde en flammes.

— On ne dirait pas, comme ça, dit Benjamin, mais sous ses airs de petite fille sage, elle en a sous le capot !

L'expression m'interroge. « Sous le capot ». Je n'ai jamais entendu ces mots dans la bouche de Benjamin. Ça ne lui ressemble pas. Jeff et Ludo éclatent de rire. Benjamin me prend le bras. Ses doigts serrent la manche de mon sweat-shirt. Nos regards se croisent, stupéfaits. Je crois bien que c'est la première fois que je sens le contact de sa main. Nous ne nous sommes jamais touchés. Si nos jambes ont pu se frôler sous une table, c'était par erreur, et nous nous écartions chacun d'un mètre pour éviter que cela ne se reproduise. Benjamin retire aussitôt sa main, comme si mon bras était chauffé à blanc.

Je cherche un point de fuite. Mon regard se tourne vers le bar. À côté des toilettes, une ardoise, posée sur une chaise, annonce le plat du jour : « Filet de poulet sauce aux champignons et riz basmati. 12 euros. » Je n'ai pas dîné. À peine déjeuné. La faim commence doucement à me tirailler l'estomac.

Pourquoi personne ne veut évoquer le seul sujet qui devrait nous intéresser ce soir ? Je ne suis pas contre amuser la galerie, et je sens bien que ça n'arrange personne d'en parler, mais le déni, c'est inconfortable, ça gratte, comme une couverture de laine rêche qui démange jusqu'à ce qu'on soit obligé d'en sortir en frissonnant.

— Tu vas leur faire un procès, à ces connards ? dis-je.

— Paloma… Pas ce soir. Ce soir on fait la fête !

— Tu parles d'une fête. Qu'est-ce qu'on fête ? Qu'ils t'aient viré comme une merde, pour quelque chose que tu n'as pas fait ? Qu'ils t'aient traîné dans la boue parce qu'une stagiaire n'a pas été foutue de répondre au téléphone à temps ? Nan, sérieusement. Dis-moi. Qu'est-ce qu'on fête ?

Ludo n'attend pas la fin de ma phrase pour sortir une cigarette et proposer une trêve. Jeff le suit. Ils nous laissent face à face.

— Je suis désolée, dis-je, je ne voulais pas casser l'ambiance…

Je savais que j'aurais mieux fait de rentrer chez moi. Il aurait été plus heureux, avec ses deux copains de toujours, à raconter les mêmes bêtises et se rappeler le bon vieux temps. Je sens que je l'ai plombé. Comme dit Benjamin en reprenant la célèbre formule d'Orson Welles : « Quiconque exerce ce métier stupide mérite tout ce qui lui arrive. » Nous méritons chaque « nocturne » (une expression servant à glamouriser les heures supplémentaires non rémunérées) comme nous méritons les mails laconiques de Margot Wilson qu'elle s'évertue à envoyer à quelques heures des rendus finaux. « J'ai comme un doute sur le concept... » « On est sûrs du slogan ? » « Je pense qu'il faut revoir la piste deux. » « Il manque un angle un peu plus mode, un truc *elevate*. » « On n'y est pas, les enfants, c'est pas assez *sharp*. » Nous méritons de nous traîner en RER jusqu'à Neuilly, Boulogne ou Asnières pour vendre de belles images dans des tours de bureaux aseptisés. Nous méritons nos clients, même lorsqu'ils nous malmènent ou qu'ils pianotent sur leur téléphone depuis la fenêtre virtuelle d'une visioconférence en ignorant l'œil de la webcam qui les regarde. Nous méritons les vertiges provoqués par l'étude des crèmes anti-âge ou de TikTok. Nous méritons ce Germinal qui ne porte en lui les germes d'aucune révolte, dans un coron puritain que Zola n'aurait pas osé imaginer, où plus personne n'ose plaquer la Mouquette contre un mur.

Pourtant, Benjamin a tort : quiconque exerce ce métier stupide ne mérite pas toujours tout ce qui lui arrive. Lui, il ne mérite pas ça. « Dégradation de l'image de l'agence », « comportement inapproprié vis-à-vis des autres salariés de l'entreprise », « harcèlement sexuel », « harcèlement sexuel d'ambiance ». Une sentence pare-feu parce qu'il fallait une excuse à la Reine Margot pour se débarrasser de lui. Parce que sa gueule ne lui revenait pas.

— Sinon, ça va ? dis-je.

— Ça va aller.

Au moment où il prononce cette phrase, ses défenses tombent. L'inquiétude plisse le front. La peine voile le regard. L'impuissance mollit la lèvre. Les commissures se relâchent.

Je plonge la main dans mon verre, attrape un glaçon et l'envoie cogner contre le dossier de la banquette, à deux centimètres de la tête de Benjamin.

— T'es folle ! Qu'est-ce qui te prend ?

— Pardon…

Le glaçon glisse le long de la banquette en laissant une traînée scintillante sur son passage. Benjamin le fait tomber par terre et l'écrase sous son talon. Je l'entends crisser.

— C'est quoi, le problème ? Tu t'embêtes ? Tu n'aimes pas la mise en scène ?

— Maintenant que t'en parles… Perso, j'aurais mieux scénarisé le truc. Déjà, je me serais fait arriver plus tard, après le départ de tes amis. Tu aurais été tout seul, avec ton Coca. Ensuite, j'aurais changé la musique. Ce n'est pas fou, le jazz d'ascenseur. J'aurais mis de la pop triste.

— Alors, je t'arrête tout de suite… Déjà, je serais parti en même temps qu'eux, donc ça ne tient pas debout, ton script. Ensuite, pourquoi de la pop triste ? Si tu cherches à créer un effet dramatique, prends une musique joyeuse, un tube dansant.

— Ah oui. Je m'en souviens. Leçon 1 : si la fille se tient à un carrefour, la voix off ne le dit pas.

— Tu t'en souviens ? C'est positif. Au moins, je n'aurai pas servi à rien…

— Et c'est là que je ferais entrer tes deux amis, puant la clope et morts de rire…

— Tu crois qu'elle s'en rend compte, Margot ?

— De quoi ?

— De la chance qu'elle a… de t'avoir…

Au même instant, Jeff et Ludo reviennent, empestant le tabac. Nous pouffons de rire, bêtement, comme des gosses. Ils se regardent, incrédules, et nous annoncent qu'il se fait tard. Ils étaient ravis de faire ma connaissance. Ils nous recommandent de rester sages : mollo sur le Coca Zéro, et surtout attention au Perrier, c'est traître, les bulles. Tout le monde se fait la bise. Ils s'en vont.

Petit à petit, le Sans Souci se vide. Pourquoi Benjamin s'attarde-t-il sur cette banquette miteuse au lieu de retrouver Clara, enceinte de leur enfant ?

Il bat la mesure du silence sur le rebord de la table, du bout de l'index. Je ne peux que lui sourire. Les communicants sont souvent de grands autistes, incapables de s'exprimer lorsqu'ils n'ont rien à vendre.

Les barmans changent de disque. Le jazz insipide dans lequel nous baignons laisse place à la voix de Joan Jett. Les murs vibrent, déchirant la carte postale de la belle époque.

“*I saw him dancing there by the record machine. I knew he must have been about seventeen.*”

Sans qu'aucun son en sorte, les lèvres de Benjamin remuent, s'étirent et s'entrouvrent. Les miennes aussi. C'est pathétique et touchant à la fois, comme tous ces mots que nous retenons, impuissants parce qu'ils arrivent trop tard.

“*I could tell it wouldn't be long 'till he was with me. Yeah me.*”

Les cordes vocales frémissent et nos deux voix jaillissent. Nous redevenons ce drôle de duo. Paloma et Benjamin. Nous nous retrouvons, peut-être pour la dernière fois, sur le banc de touche.

"I love rock and roll. So put another dime in the jukebox baby."

Nos têtes s'agitent doucement. Nous commençons à gesticuler sur nos sièges, au ralenti. Les épaules roulent. Les talons martèlent le sol. Les hanches remuent. Je repense à la soirée karaoké que nous rêvions d'organiser dans un bar du quartier, à quelques rues d'ici. Un vœu flou, jamais réalisé. Nous prenions plus de plaisir à en parler, à nous la raconter, comme un souvenir projeté. Un poing en guise de micro, je sautille, me décoiffe, encore sage. Benjamin se met à gratter les cordes d'une guitare invisible, puis à cogner une batterie fantôme en faisant tournoyer des baguettes imaginaires dans les airs. C'est nul et comique, comme nous.

"Singing I love rock and roll."

Oui, nous aimons le rock et le roll. C'est excessif. Ça éclate dans nos poumons, ça fait glouglou dans nos gorges et nous laisse confus, à bout de souffle, quand se dissipe la chanson. Nous pourrions crier « encore », « encore », pour n'écouter qu'elle jusqu'à ce que les barmans nous mettent à la porte, mais Françoise Hardy succède à Joan Jett. Le temps de l'amour, le temps des copains et de l'aventure est déjà derrière nous.

— T'es loin, Benji…

— T'as qu'à te rapprocher.

Benjamin s'écarte pour me faire une place sur la banquette, et ma tête se couche sur son blouson de cuir, lourde comme une vieille cloche qui aurait sonné trop d'heures, de messes et de glas.

Le monde devient *split-screen*. Le réel se scinde en deux plans serrés, côte à côte, irréconciliables.

Benjamin passe une main sur mes cheveux et je devine ses yeux, tristes à en mourir.

— Ça va aller…

— Où ça ?

Arrêt sur image. Nous nous figeons un long instant, une éternité, sur cet écran déchiré. La suite n'existe pas. Les heures qui suivent n'ont pas lieu. Pas vraiment. Une trame annexe, hors champ. Nous sortons du cadre.

Faubourg Saint-Déni

Ce n'est pas réel. Nous ne sommes pas réellement en train de nous diriger vers la rue du Faubourg-Saint-Denis, bras dessus, bras dessous, comme deux adolescents insouciants et heureux. D'ailleurs, c'est amusant, chaque fois que je donne rendez-vous dans cette rue, le correcteur automatique de mon téléphone portable s'évertue à écrire : rue du Faubourg-Saint-Déni.

Benjamin a faim. Moi aussi. En quittant le Sans Souci, je lui ai dit que je connaissais un bon kebab ouvert jusqu'à 2 heures du matin. Il a répondu qu'il me faisait confiance.

Pourquoi ne rentre-t-il pas chez lui ? J'imagine qu'avec une femme enceinte à la maison, le frigo doit être bien rempli. Mais bon. Il a envie d'un kebab. Rien de mal à cela. C'est juste un kebab. Ça nous rappellera les burgers du jeudi. De toute manière, à l'heure qu'il est, Clara doit dormir.

Je pointe du doigt un panneau lumineux représentant un shawarma ruisselant sur son axe de graisse, au milieu des flammes. Benjamin sourit.

— J'ai une dalle, dit-il.

— Salade, tomate, oignons ?

— Sauce blanche !

L'intérieur est étroit, mal fichu. Je prends deux Coca Zéro dans un frigo bourdonnant et les dépose sur le comptoir tandis que Benjamin transmet notre commande au patron.

— Tu préfères sur place ou à emporter ? me demande-t-il.

— On peut se poser chez moi, si tu veux. En plus, je crois qu'un mec m'a laissé de quoi rouler un pétard…

— De CBD, j'espère !

— Pourquoi, t'es flic, maintenant ?

— Au gniouf, Paloma !

Il fait semblant de me passer des menottes invisibles autour des poignets et répond au patron que ce sera à emporter. Nous attendons dehors, sous l'auvent, assis à l'unique table où traînent des emballages de kebab et une bouteille de bière vide, remplie de mégots.

— C'était quoi, cette dernière cuite ? me demande Benjamin.

— Hein ?

— Tout à l'heure… T'as dit qu'à dix-huit ans tu avais pris ta dernière cuite et que ça t'avait vaccinée…

— Ah ! Ça ? C'est rien. Juste ma première fois…

— T'étais bourrée ?

— Inconsciente, surtout.

— Comment ça, inconsciente ?

— Une meuf de ma fac sortait avec un trentenaire. C'était en L1. Le soir de Halloween, le mec avait organisé une fête chez lui, à Montreuil. Il vivait en coloc dans une maison, avec des potes artistes. Elle ne voulait pas y aller seule, alors je l'ai accompagnée. À l'époque, j'étais timide, mais genre maladive. J'étais déguisée en Mercredi Addams. Pendant la soirée, j'ai bu dans tous les verres. J'ai dansé avec des mecs, ce qui ne m'était pas arrivé depuis des années. Je crois même que j'ai pécho un gay qui avait des flammes dans le cou. Vers 5 heures du mat, je me suis écroulée sur un canap. De toute façon j'avais pas d'argent pour prendre un taxi. J'ai senti un truc, un truc pas normal, mais impossible de me débattre. On retirait ma jupe. J'étais pas vraiment consciente, tu captes. Quand j'ai compris ce qui se passait, j'étais trop morte pour l'empêcher. Quand j'ai ouvert les yeux, j'ai vu des dents de vampire en plastique, posées par terre. Voilà, c'était ma première fois, un peu forcée…

Benjamin me prend les mains. Les siennes sont moites, humides de pitié.

— Tu sais que c'est un viol, ce que tu me racontes ?

Il ne sait pas comment réagir. Il semble presque gêné. J'ai l'impression que c'est à moi de le rassurer.

— Et alors ? Je m'en suis remise. Je m'en fous. Je ne sais même pas pourquoi je t'en parle…

— T'en as déjà parlé à quelqu'un ?

— Nan. C'est comme un cauchemar, ça n'a pas d'incidence sur le réel. Quand on se réveille, les monstres ne peuvent plus nous atteindre.

— Tu n'as pas porté plainte ?

— Flemme.

Benjamin s'avance et dépose un baiser sur mon front, puis il retourne à l'intérieur chercher nos commandes.

— On va se mettre au chaud, petite tête ?

Un sachet en plastique à la main, Benjamin se laisse guider jusqu'au passage Brady. Il semble encore bouleversé par mes confidences, ressent le besoin de me frictionner le dos ou bien de me malaxer l'épaule. Pourtant, ce n'est pas moi qui suis la plus à plaindre, ce soir. C'est lui qui s'est fait virer, lui dont on a anéanti la réputation, lui qui se demande s'il ne finira pas caissier pour nourrir un marmot dont il ne voulait pas, redoutant de perdre une femme dont il n'est jamais tombé amoureux.

— Et il est fort, ton CBD ? demande-t-il.

— Explosif !

Nous montons l'escalier, je tourne la clé dans la serrure. Benjamin est égal à lui-même, souriant, léger, comme s'il avait volontairement égaré ses soucis.

— C'est mignon, dit-il, on dirait une cabine de bateau croisée avec un macaron.

— C'est exactement ça !

La studette est trop petite pour que je lui fasse visiter, mais je lui présente quand même chaque espace, en les pointant du doigt l'un après l'autre.

— Ici c'est la kitchenette. Là, le bureau. En face, le lit. Derrière la porte, les toilettes et la douche…

Après avoir abandonné sa veste sur le lit, Benjamin s'assied par terre, en tailleur au milieu de la pièce, et sort les kebabs du sac en plastique.

— C'est quoi, tous ces livres, là ?

Il désigne les ouvrages abandonnés sur le bureau. J'ai profité d'une insomnie pour lire un peu, la nuit passée.

— Ah, ça ? Je me suis attaquée à *Splendeurs et misères des courtisanes.* À la page 179, j'en ai eu marre. Trop chiant. Du coup, j'ai voulu voir ce qui se passait ailleurs, à la même page. Je me suis dit que certains écrivains avaient peut-être été plus inspirés… La meilleure c'était chez Lowry, *Sous le volcan*. Parfaite, sa page 179…

— T'es drôle, petite tête… *Le gusta este jardín* ?

— *Que es suyo ? ¡ Evite que sus hijos lo destruyan !*

Il mord dans son kebab. On dirait un géant dans une maison de poupée. La semelle de ses chaussures lutte contre ses genoux.

— C'est divin ! dit-il. Assieds-toi. C'est pas bon, quand c'est froid…

— Je cherche la beuh…

— Après !

De la sauce lui coule sur le menton, il l'essuie avec une serviette en papier. Il semble heureux. Pourtant, il ne peut pas l'être. Impossible. N'est-il pas fatigué de faire semblant ? Ne suis-je pas celle à qui justement il peut tout dire ? À quelques centimètres de l'endroit où il est assis, dans les rainures du parquet, j'aperçois des poussières ocre de mimosa, négligées par l'aspirateur.

— Bah alors, Paloma. Je croyais que c'était ton plat préféré, les frites ?

— Pas très faim…

Il en picore quelques-unes dans le carton qui me fait office d'assiette, puis il va se laver les mains dans l'évier de la cuisine, en baissant la tête pour éviter de se cogner au plafond. Tout est si étriqué, ici. En même temps, je ne suis pas à plaindre. C'est mon oncle qui me loue l'appartement. Son ancienne garçonnière. Il ne me réclame que 700 euros pour 17 mètres carrés. À Paris, on trouve difficilement mieux.

— T'es fatiguée ? demande Benjamin. Tu me dis, hein, si t'es fatiguée. T'as le droit de me virer, tu sais…

— Tu veux dire que je peux faire comme chez moi ?

Il débarrasse les restes du festin et retrouve sa place par terre. Ses jambes l'incommodent. Il peine à trouver une position confortable. On dirait presque qu'il a envie que je le chasse, qu'il n'attend que ça, un signal pour commander un Uber et disparaître.

Je balance mes chaussures sous le bureau, allume les enceintes et commence à danser en chaussettes sur un vieux tube de *rythm and blues.*

— Tu me fais un pestacle ?

— Arrête de me parler comme si j'avais huit ans.

— Dit la fille qui a failli m'éborgner avec un glaçon…

— Toujours partant pour un pétard ?

— J'ai pas fumé depuis dix ans… J'ai peur d'être complètement fracasse…

Ça tombe bien, je ne sais plus où j'ai rangé les quelques miettes de beuh offertes par Léonard en échange d'une baise avortée. Il se sentait soi-disant à l'étroit dans mes préservatifs.

— Bon, allez, j'y vais. J'imagine que tu te lèves tôt, demain…

Il dit cela avec une pointe de mélancolie dans la voix. Il doit regretter le trop-plein d'A.T.K. Les réunions qui se chevauchent. Les mails qui s'accumulent. Ses journées doivent être vides, vides à se rendre fou.

Il récupère sa veste et je le raccompagne jusqu'à la porte. Il me serre bien fort contre lui. Brusquement, je tourne la tête. Ma joue dérape. Nos lèvres se rencontrent.

Je l'embrasse de nouveau. La bouche est dure, les mâchoires serrées. C'est comme embrasser un crâne.

— Le Perrier m'est monté à la tête, dis-je.

— N'importe quoi !

Benjamin cherche à ouvrir la porte mais j'arrête sa main sur la poignée. Dans ses yeux, quelque chose cède. Il m'oppose un regard malheureux. Ça dégouline.

Je le tire par le bras, retire la veste, déboutonne la chemise, défais la ceinture. Le pantalon tombe d'un coup, révélant un caleçon bleu ciel et des cuisses velues. Je le pousse sur le lit. Il s'écrase les bras en croix, le regard absent. Je retire les chaussures. Il porte des chaussettes de laine d'un rouge passé qui ne lui ressemblent pas, trouées au talon.

Il m'abandonne la lourdeur de son corps immense. Je m'accroupis au-dessus de lui, les genoux plantés dans le matelas, enserrant ses flancs, et fixe un long moment les quelques poils grisonnants qui ressortent de sa chemise ouverte et les vaguelettes de sa peau froissée.

— Mystère contre mystère…

— N'importe quoi, répond-il.

De toutes mes forces, je serre ses poignets. Il se laisse faire. Je crois qu'il me sourit. Un sourire de sphinx qui ne m'est sans doute pas adressé. Ses yeux sont comme recouverts d'un film adhésif anti-regard, à effet miroir.

Je me dis qu'il faudra beaucoup de courage à la personne que je serai demain pour vivre avec le souvenir de cet instant. Je me demande également s'il reste encore du café, dans le tiroir de la cuisine.

La musique continue de jouer. *Save the last dance for me*. J'hésite à changer de morceau. Trop allègre. Trop romantique. Et puis, on dirait que la chanson m'encourage. Benjamin sent bon. *Bel Ami* d'Hermès.

Alors je...

Lorem ipsum dolor.

Hasta siempre

Putain de distributeur de merde ! Ce n'est même plus un distributeur, s'il n'est pas capable de distribuer quoi que ce soit. J'ai tapé trois fois le numéro 63. Chaque fois que je passe ma carte bleue devant le lecteur, rien ne se produit. Je veux une Pom'Potes à la fraise. J'en ai besoin. Dans un accès de frustration, je brutalise la machine, lui envoie des coups de pied, d'abord timides puis de plus en plus violents. Grosse merde ! Sale pute ! Ce n'est pas une façon de traiter les gens. Que me vaut un tel mépris ? C'est cruel, de m'aguicher avec une rangée de Pom'Potes, pour ensuite me refuser cette chose que je désire si ardemment. Je n'en suis pas digne, c'est ça ? Aux yeux de la machine, je ne mérite pas de sentir sous mes dents le petit tube en plastique par lequel on aspire cette compote industrielle au goût réconfortant ? Je n'abandonne pas. 63. Une fois, deux fois, cinq fois. Toujours rien. Je tente autre chose. Du Perrier. Numéro 47. Non plus. Je secoue le distributeur, à deux mains, dans l'espoir de faire tomber quelques friandises.

La voix de Yannick, dans mon dos, met fin à mon entreprise teigneuse. Il me demande si tout va bien, au luxe. Nous sommes les seuls, parmi les 900 employés de l'agence, à venir presque quotidiennement nous défouler sur ce pauvre distributeur. L'autre fois, c'était ma copine Norma. Aujourd'hui, c'est moi. Il faut beaucoup de colère en soi, poursuit-il, pour s'en prendre à une pauvre machine sans défense, surtout lorsqu'on sait qu'elle est en panne un jour sur deux. Pourquoi avons-nous tant de mal à l'accepter ? C'est ainsi. Il n'y est pour rien, et nous non plus d'ailleurs. Il trouve cependant la situation préoccupante. C'est une réaction typique d'enfant maltraité, ça, de répondre à la violence par la violence. J'ai juste envie d'une Pom'Potes, dis-je. Margot Wilson ne nous bat pas. Yannick disparaît derrière le comptoir de la cafétéria. Il revient avec une pomme, qu'il accepte de m'offrir à une seule condition : que je fasse la paix dans mon cœur. J'accepte la pomme et promets un cessez-le-feu, bien qu'au fond je me sache indigne d'une telle attention.

Je retrouve Norma au quatrième étage. Nous devons présenter un casting à Clothilde de Ménil ainsi qu'à la Reine Margot. C'est pour le catalogue d'une marque de pulls en cachemire. Le shooting aura lieu dans un mois et la production vient de nous envoyer une première sélection de profils. Moi, je suis là pour m'assurer que les mannequins correspondent bien aux archétypes que j'ai définis afin d'insuffler un semblant d'histoire aux pages du catalogue. Je leur ai même donné des surnoms : « La Parisienne bon chic bad genre », « L'Égolutionnary », « L'Artiviste » ou encore le « Feu follet ». Ce dernier est mon préféré, sans doute parce que la description que j'en ai faite est un portrait romancé de Benjamin. Je ne m'en serais pas rendu compte si Salomé n'avait pas fait la réflexion, la semaine dernière. « Il me rappelle quelqu'un », a-t-elle dit d'une petite voix chagrine.

Norma aimerait savoir pourquoi je me promène avec une pomme à la main. Est-ce pour la donner à la maîtresse et obtenir un bon point ? Elle a beau avoir vingt-huit ans, Norma a souvent des références d'écolière des années 1950. En même temps, elle vit chez sa grand-mère. L'autre jour, elle m'a parlé de Mistral gagnant, un bonbon en poudre d'autrefois fabriqué par la confiserie de Lorette, à Marseille. Il m'a fallu effectuer des recherches sur Wikipédia. D'ailleurs, elle trouve mon chandail tout à fait « seyant ». Ce n'est pas exactement comme cela que j'aurais décrit mon épais sweat-shirt à capuche.

La Reine Margot est perchée sur une table solitaire, un peu plus haute que les autres, à l'entrée de l'open space. Aujourd'hui, elle ne porte qu'un tee-shirt blanc rentré dans un jean. Les bras minces, coiffés de duvet blond, ont quelque chose de délicat et puissant. Il y a une force virile en elle, en dépit de l'extrême féminité des pommettes, de la bouche, des seins, des fesses. Norma s'approche avec émotion, reste derrière moi. Margot me remercie pour mon aide sur le forum du luxe, comme si je m'étais attardée dans les bureaux par pure bonté de cœur. Pendant ce temps-là, Clothilde boulotte des fraises Tagada en faisant les cent pas derrière elle. Son long corps osseux, noyé dans des vêtements fluides aux tons grèges, lui donne des airs de gentil fantôme. Norma dépose son ordinateur devant Margot et fait défiler les profils des différents mannequins, qu'elle présente d'une voix mal assurée.

Margot est sans pitié. Une fille a trop de narines, une autre trop de gencives. Celle-ci est bas de gamme, celle-là a un physique trop sophistiqué et ne sourit jamais. Une belle démonstration d'esprit de sororité. Pourtant, j'acquiesce à chaque remarque tandis que Norma prend la défense d'une fille accusée d'avoir les oreilles décollées et une tête de farfadet. Clothilde la trouve mignonette, mais elle déprime Margot. En cachemire, elle aura l'air de pas grand-chose, dit-elle, on dirait la petite nièce taciturne qui fait la gueule et vous plombe les vacances parce qu'elle n'a pas réussi à emballer au bal des pompiers.

J'essaie d'imaginer à quoi pourrait ressembler un été avec la Reine Margot. Elle part chaque année sur une petite île, en Bretagne, avec Suzette, ses sœurs et sa mère, qu'elle héberge dans ses deux maisons. Elle doit rejouer son enfance, en inversant les rôles.

Par solidarité envers Norma, j'interviens en faveur du modèle qui correspond plus ou moins à ma Parisienne bon chic bad genre. Margot accepte de la mettre de côté tout en s'en prenant à la production, qui selon elle a mal fait son travail.

Elle souhaite à présent passer en revue les garçons. Il ne lui reste que dix minutes avant de retrouver Élodie Arnodin dans son bureau. Clothilde est du même avis que Margot : ils ont tous l'air de mannequins hommes. C'est ce qu'ils sont, pourtant.

Margot zappe d'un Apollon à l'autre, et ses « mouais », ses « bof », ses « *why not* », génèrent un sentiment de malaise en moi. Elle reproche à un garçon, qui aurait pourtant fait un parfait feu follet, de n'avoir qu'une profondeur de surface. Je réponds qu'il a une étrangeté dans le visage, quelque chose de sexy, et que, me concernant, c'est « où il veut, quand il veut ». Margot sourit. Peut-être devrais-je reconsidérer mes critères, dit-elle. Ça se voit tout de suite que c'est un poseur…

Une image s'imprime alors dans mon cerveau. Je revois le corps nu de Benjamin, tel un vieux fœtus étendu à mes côtés, la nuit passée. Il tenait ses jambes entre ses bras, au bout du lit, le visage enfoui sous une pagaille de boucles grisonnantes. Un paquet de chair et d'os sur mes draps en Liberty. À mon réveil, seule restait l'empreinte de sa tête sur l'oreiller et quelques cheveux argentés, pour unique rappel de ce qui avait existé.

Ma respiration déraille. Les mêmes images, comme un rouleau, laminent mon esprit par vagues successives. Benjamin nu. Benjamin immobile. Benjamin se laissant abuser, sur une érection dépitée. Benjamin, du papier toilette enroulé autour de la main, essuyant le liquide visqueux accroché aux poils de son ventre. On aurait dit un boxeur après une défaite. *Hasta siempre, Comandante* passait sur les enceintes. C'est à ce moment-là que j'ai coupé la musique. Je comprends l'espagnol, la langue de ma mère, même si je ne le parle pas. « Ici reste la clarté, la profonde transparence, de ta chère présence. » Je respire avec peine. Ma gorge se noue. Je sens les larmes gonfler mes paupières. Je ne veux pas pleurer. Pas devant Margot. J'ai violé Benjamin. Il ne voulait pas. Je l'ai forcé à rester. Je l'ai jeté sur le lit, comme s'il n'était plus lui-même mais un corps, un corps décapité.

Je ne voyais plus son visage. Il n'existait plus. Ce n'était pas Benjamin que je sentais sous moi. Et pourtant... J'étouffe. Ma vue se brouille. J'ai la nausée. Je ne peux pas rester là. Il me faut de l'air. La pomme tombe de ma main, roule jusqu'aux pieds de Norma. Je suis incapable de me baisser pour la ramasser. Je me vois entrer dans la salle des photocopieuses, prendre un cutter et m'ouvrir les veines. De l'air. Vite.

Je me précipite aux toilettes et m'enferme dans la première cabine, celle réservée aux handicapés. Adossée au carrelage blanc, je me laisse glisser en sanglotant. Je me sens comme une coulée de vase.

On toque à la porte. On m'appelle. Je reconnais la voix de Norma. Elle me demande ce qui ne va pas. Je n'arrive pas à parler. Ma gorge est douloureuse, enflée. Elle propose de m'accompagner à l'infirmerie. La voix entrecoupée de sanglots, je parviens à lui dire que tout va bien. Les mots sortent comme des lames de rasoir. Elle me dit de fermer les yeux, de faire le vide dans mon esprit, de respirer par le ventre. Si c'est une crise d'angoisse, elle peut me donner du Lexomil. Elle en a toujours sur elle. J'essaie de fermer les yeux, de reprendre une respiration normale, mais je n'y arrive pas. J'étouffe à nouveau. Elle me dit : « Ne bouge pas, je reviens. » J'entends la porte claquer, puis se rouvrir. Je rassemble mes esprits et parviens à me lever, difficilement. Lorsque je sors enfin des toilettes, Norma me tend ma gourde, ou plutôt celle de Benjamin, avec cet autocollant idiot « *I Love Deleuze* ». Dans le creux de sa main, j'aperçois une petite pilule blanche sectionnée en deux. Je l'avale. Je me sentirai mieux dans une demi-heure, dit-elle. Elle a posé la pomme sur le rebord du lavabo. Norma prend plusieurs feuilles de papier et me tamponne les yeux. Ils sont encore un peu rouges, dit-elle, mais ça va aller. Les crises d'angoisse, elle connaît bien. Quand elle était étudiante, à Penninghen, il lui arrivait souvent d'en faire. Au bout d'un moment, me rassure-t-elle, on apprend à les contrôler. Je réponds que c'est la première fois que ça m'arrive. La première fois, poursuit Norma, ça fait toujours un peu peur. Elle me recommande de m'asseoir sur le canapé le temps que le Lexomil fasse effet. Elle peut me couvrir, si besoin. On est une équipe, dit-elle. On ne se laisse pas tomber. Elle me prend dans ses bras. Je me raidis d'un coup.

À nouveau les mêmes pensées. Je ne mérite pas sa compassion. Je suis un monstre. La pire des insistantes. J'ai trop insisté. Je devrais mourir. Les larmes remontent, acides, et je sanglote sur l'épaule de Norma. Je ne vois plus que le trou, dans les chaussettes de Benjamin. Dans la confusion de la nuit, j'ai attrapé son pied et j'ai agrandi le trou en l'écartant avec les pouces. Je ne m'explique pas ce geste. Qu'est-ce que je voulais ? Qu'il se débarrasse de ses chaussettes et que tout soit oublié ? J'étais supposée le réconforter, lui remonter le moral, et non l'enfoncer davantage. Il n'était pas nécessaire d'ajouter l'adultère à la liste de ses ennuis. À l'aube, Benjamin est retourné chez lui auprès de Clara, honteux, minable, se haïssant davantage. Par un effet pervers de mon esprit, je deviens ces chaussettes, et Benjamin aussi. Nous sommes cette vieille paire trouée, déchirée, bonne à jeter. La main de Norma, dans mes cheveux, me rappelle à l'instant. Peut-être que je ferais mieux de rentrer, dit-elle. Je ne suis pas en état de travailler. Elle propose de m'apporter mes affaires et de me reconduire jusqu'aux portes de l'agence. Elle me déconseille de prendre mon vélo. Je reste là, baignant dans les vapeurs de ma propre confusion. Je fixe la pomme, pensant sans doute la pulvériser par la force de mon esprit.

Sur le quai du métro, je veille à ne pas dépasser les bandes blanches. Je me demande ce qui se passerait, si je sautais. J'exploserais. Je me répandrais sur les murs, sur le quai. Pourtant, un coup de serpillière suffirait à me faire disparaître. Je visualise des éclats de cervelle pris dans les franges imbibées de mon sang. Pitié. Faites que ça s'arrête. C'est comme si l'on avait gribouillé l'intérieur de mon cerveau. Je n'ai plus accès à aucune pensée rationnelle. J'essaie de faire le vide, mais en vain.

Le trajet me semble durer une éternité. Jaurès. Stalingrad. Gare du Nord. Les stations défilent au ralenti. Les bruits m'agressent. Chaque fois que les portes automatiques se referment, je sursaute. La voix parle trop fort. Les lumières sont trop vives. Je voudrais m'endormir et me réveiller à trente ans. J'imagine que c'est le temps qu'il faudra pour que je me pardonne enfin, que j'oublie la nuit du Sans Souci.

Je descends à Jacques Bonsergent. Marcher n'est pas naturel. Chaque pas me coûte. Dehors, pourtant, c'est la même ville. Les marcheurs marchent, les zonards zonent. Rue du Château-d'Eau, les terrasses sont bondées. Plus loin, des effluves de maïs grillé se mélangent au parfum chimique des salons de beauté et de coiffure. Des types tiennent les murs le temps qu'infuse leur coloration, du papier aluminium sur la tête, dans une cacophonie polyglotte. Des gamins jouent devant les boutiques, sur les trottoirs couverts de mèches de cheveux. L'un d'eux me fonce dessus, et je suis trop abrutie pour l'éviter à temps. Le môme tombe, se relève et reprend sa course. Je croise un type, le rebord d'un moule à tarte autour du cou en guise de collier.

Je n'ai pas envie de rentrer chez moi mais je n'ai nulle part où me réfugier. Si j'allais chez mes parents, ils ne comprendraient pas. Nous avons beau être voisins, je les vois peu. Et je ne suis pas en état de répondre à leurs questions. Je ne vais quand même pas me rouler en boule sur le palier. Le pathos a ses limites.

Même si je ne veux pas voir ce qu'il y a derrière, il me faut pousser la porte. Pas le choix. Dans la kitchenette, à l'entrée, j'aperçois un sachet en plastique contenant deux barquettes de kebab en polystyrène. Sur le bureau, un mégot de Lucky Strike traîne dans un pot de yaourt en verre changé en cendrier. Le lit est resté défait. J'ouvre la fenêtre. Des odeurs d'épices chassent les relents de nos ébats. Je ne peux quand même pas me glisser sous les draps. Ils sont sales. Je suis sale. Je ne retire que mes chaussures et m'enroule dans la couette tout habillée. Je sens mon rythme cardiaque faiblir. Je me berce toute seule, en remuant les épaules. Je suis si lasse, si lourde.

Alors qu'un sommeil artificiel m'immobilise enfin et tranquillise mon esprit, je me dis que je veux me construire une vie normale. Je veux me réveiller métamorphosée. Fini d'être tordue. Fini d'être bizarre. Je veux être ordinaire, insignifiante. Une fille comme les autres. Je veux être habillée comme tout le monde, regarder les séries du moment, avoir une coupe de cheveux à la mode, prendre des compléments alimentaires avec mon café, le matin, aller à la salle de sport et me réveiller chaque jour aux côtés du même garçon. Je veux voir le temps passer sur son visage. Je veux me détériorer dans une petite vie de couple, jusqu'à ce que l'entropie ébrèche les dernières illusions qui nous liaient encore.

Le vent se lève. Il faut tenter d'exister, normalement, correctement, sans histoires.

La Saison des amours

Un coup de sonnette me tire du sommeil. Je me sens comme en lendemain d'ivresse, même si je ne bois pas. J'étire mes membres courbatus, pousse un bâillement. Ma nuque est douloureuse. J'ai la gorge sèche.

Qui cela peut-il être ? Personne ne sonne chez moi, pas même mes parents. Depuis que j'ai quitté l'appartement familial, ils ne m'ont encore jamais rendu visite. Serait-ce un voisin ? Des Témoins de Jéhovah ? Les types de l'agence immobilière ? Si ça se trouve, c'est Léonard. Il a sans doute oublié quelque chose, dans la nuit, en partant. Son portable, ses clés, que sais-je. Si je fais la morte, il finira par s'en aller.

La sonnette retentit à nouveau, puis sonne en continu. Si c'est Léonard, il attendra. Il n'avait qu'à rester dormir, même si ça le terrorise. Une fois qu'il a éjaculé, Léonard prend la fuite. C'est ainsi depuis qu'on se fréquente. Léonard était dans ma classe, en sixième et en cinquième, au collège Lamartine. Il me martyrisait, il me « Lamartyrisait », disais-je, à l'époque. Au lycée, il arrivait que nous soyons invités aux mêmes fêtes, mais nous ne nous adressions pas la parole ou à peine. Il y a deux ou trois ans, vers minuit, je l'ai croisé par hasard rue du Faubourg-Saint-Denis. Il était ivre, assis à la terrasse du Transistor, l'ancien café Swinging Londress. Ses amis venaient de le quitter et il était sur le point de partir. Il m'a proposé de me joindre à lui, tout sourire. Il était beau, avec ses airs de garçon qui sait trop de choses, à la fois vif et détaché. Nous avons un peu bavardé et il s'est excusé d'avoir été « un petit con » au collège, avant de prolonger l'éclat de rire dans un coït précipité. Nous avons fait l'amour par terre, sabot contre sabot, comme deux chèvres de montagne prises dans leurs cornes. Je crois me souvenir qu'il a gardé ses chaussures. Le lendemain matin, nous avons bu un café au Mauri7, à l'angle du passage Brady, et il m'a dit « à très bientôt » avant de s'en aller. Depuis, nous couchons ensemble à l'occasion, liés par une forme de passion désinvolte.

La sonnerie s'arrête, remplacée par un tambourinement rageur. On en veut à ma porte. J'enfile un tee-shirt à la hâte tout en hurlant à la personne qui ose me déranger un vendredi matin que je ne suis pas sourde. Une seconde… J'arrive.

Par l'entrebâillement de la porte, je découvre le joli petit visage de Norma. Je tire sur mon tee-shirt dans une vaine tentative pour dissimuler ma culotte. J'aurais pu enfiler un bas, mais j'étais persuadée qu'il s'agissait de Léonard.

— Ah… c'est toi, dis-je.

— Ça fait trois semaines qu'on ne t'a pas vue à l'agence… J'étais inquiète. C'est long, trois semaines… J'ai essayé de t'appeler, mais tu ne répondais pas…

Elle parle avec une émotion si vive qu'elle me paralyse. Je ne m'attendais pas à la voir ici, chez moi, dans le monde réel. Je croyais notre amitié confinée à la forteresse d'A.T.K.

— Je suis free-lance. Si j'ai pas envie de venir, je viens pas. Je suis un elfe libre…

— Je me suis souvenue que tes parents avaient un restaurant, rue Martel. J'ai trouvé le numéro de téléphone sur Google. Je crois que c'est ta mère qui a répondu. Elle avait un léger accent espagnol. Je lui ai demandé ton adresse. J'ai un peu menti. J'ai dit que j'étais une amie et que je voulais te faire une surprise, pour pas qu'elle panique.

Norma s'est donné tout ce mal, et je ne suis même pas capable de lui sourire, de la prendre dans mes bras. Non, je reste là, impassible. Il est toujours délicat de recevoir une preuve d'amitié que l'on ne saurait céder en retour.

— J'aurais dû venir plus tôt, je suis désolée… Surtout après ta crise, l'autre jour. D'ailleurs, ça va mieux ? Tu te sens comment ?

J'ouvre la porte en grand et cède le passage à Norma. Avant même que j'aie le temps de la prier de faire abstraction du désordre, elle s'approche de la vaisselle sale empilée dans l'évier, puis shoote dans le carton vide de ma dernière commande Zara. Elle ramasse un pot de yaourt qui traîne par terre, au pied du lit.

— Désolée, dis-je, c'est pas hyper rangé. Si j'avais su que tu venais, j'aurais fait un peu de ménage.

Je lui prends le pot des mains et le jette à la poubelle, sur un préservatif usagé. L'image me donne des haut-le-cœur.

Je n'ai rien à lui proposer, pas même du café. Les placards sont vides, je n'ai aucune tasse propre.

— Tu veux boire quelque chose ?

— T'as quoi ?

— De l'eau…

Honteusement, je lui tends un verre d'eau et la rejoins sur le rebord du lit. Norma sent bon. Elle sent le propre. Le secret, m'a-t-elle dit un jour, c'est d'ajouter une goutte de lessive dans son flacon de parfum. J'aimerais poser ma tête sur son épaule et rester là des heures, mais avec les filles, je ne sais pas m'y prendre. Elles m'intimident, davantage que les hommes. J'ai manqué d'amitiés féminines en grandissant. Il y avait bien ma cousine Estella, qui a quatre ans de plus que moi, mais notre lien était avant tout filial. C'est autre chose d'avoir une meilleure amie, de s'être rencontrées à l'école ou en colonie de vacances. Et puis Estella s'est installée à Lisbonne avec son compagnon, il y a quelques années.

— C'est comment, l'ambiance, à l'agence ? dis-je.

— Les commerciaux sont en stress. Margot leur a demandé de trouver 30 000 euros supplémentaires, sur chacun de leurs comptes. Il nous manque 500 000 euros pour finir l'année. Si on ne les a pas, Margot va se faire défoncer par Élodie Arnodin.

— On s'en fout, c'est pas notre argent.

— Alors, sache que quand on est en CDI, on a des primes, même si toi ça ne te concerne pas. Mais bref, on ne se marre pas beaucoup, et comme Margot angoisse, elle devient de plus en plus folle. Elle n'est jamais contente, et on se sent tous un peu débiles quand elle nous demande de refaire la même chose dix fois. Chaque jour, c'est des crises de larmes et des engueulades. Elle ne comprend pas qu'on ne gagnera aucune compétition si on est épuisés.

Quand t'as des points tous les dimanches, à un moment, tu craques. On a déjà un DA et une trafic en arrêt. Louise veut se barrer. Manon est sous l'eau. Les créas enchaînent les nocturnes… C'est la merde.

C'est étrange, alors que Norma dresse un tableau pourtant lugubre d'A.T.K., je ressens l'envie d'y retourner. C'est comme si elle avait réactivé mon syndrome de Stockholm. Mon enfer panoptique me manque terriblement.

— Et toi, ça va ? dis-je. Pas trop sous l'eau ?

— Franchement, c'est calme. Hier, j'ai juste rehaussé le jaune d'un visuel et revu l'empâtement d'une typo. Mais je sais que ça ne va pas durer… J'en profite. La semaine prochaine, je serai en étalo, et après, on shoote des natures mortes au studio.

— Sympa.

Norma m'attrape le bras, remonte la manche de mon tee-shirt et me découvre l'épaule.

— Qui t'a fait ça ? dit-elle. T'es couverte de bleus…

— C'est rien. Je suis tombée à vélo.

À ma voix, elle devine qu'il s'agit d'un mensonge. Norma me relève le menton et m'ausculte le cou. Je devine plus ou moins ce qu'elle voit. Les traces abandonnées sur ma peau par Léonard, Nessim, Alexis, et d'autres. Ici un suçon, là des griffures, ailleurs une morsure ou bien des marques superficielles de strangulation.

— Tu peux tout me dire, tu sais… Quelqu'un t'a fait ça ? Un mec ? Faut pas avoir honte. T'es pas toute seule. Je suis là…

J'observe la créature hirsute qui se tient à mes côtés. Comment lui faire comprendre que je ne suis pas la victime qu'elle pense sauver ? J'ai consenti à cela. Je l'ai réclamé. J'ai crié plus fort, plus fort, encore. J'ai guidé leurs mains vers mon cou. J'ai dit serre, vas-y, étrangle-moi. Il n'y a qu'ainsi que je me sens exister.

— C'est la saison des amours, dis-je.

— Et ça fait mal comme ça, les amours ?

— Seulement si on le demande.

— Tu veux dire que... ?

— J'aime quand ça fait mal, c'est tout. J'y suis peut-être allée un peu fort, mais c'était voulu.

Elle me croit. Je le vois dans ses yeux. Norma sourit, confuse, découvrant une rangée de dents trop grandes pour son petit visage.

— Ah merde, dit-elle. J'ai vraiment cru que...

— J'ai peut-être un problème, mais je ne suis pas une femme battue.

Norma a bon cœur, ça rejaillit entre ses lèvres minces. Sans cela, on pourrait lui trouver un physique ingrat, du moins étrange. Sa beauté a du mérite.

Elle fixe mes genoux, dont l'un présente quelques égratignures. Je n'ai jamais aimé la forme de mes genoux, et je crois que je les préfère ainsi, lorsqu'une blessure superficielle détourne l'attention de leur disgracieuse rondeur.

— T'as besoin d'avoir mal pour prendre ton pied, c'est ça ? Sinon t'arrives pas à jouir ?

Je hoche la tête. Pourtant, il s'agit encore d'autre chose. Je n'ai pas besoin de violence pour prendre mon pied. Je peux jouir une fois, dix fois, cent fois, sans aucune difficulté. J'aime qu'on me malmène, mais pour d'autres raisons. Lesquelles ? Je l'ignore moi-même.

Benjamin m'avait suggéré de regarder *La Prisonnière*, de Clouzot. Il pensait que cela m'aiderait à mieux me comprendre, à apprivoiser le chaos cinétique de ma propre sexualité. J'ai eu beau chercher, je ne me suis pas reconnue dans l'héroïne, abandonnée au vertige de ses désirs de soumission couplés aux injonctions fétichistes d'un photographe impuissant. Je n'ai pas un tempérament d'esclave. Du moins, je l'espère. Mais alors quoi ?

J'extrais un petit carnet à la couverture grise, enseveli sous une pile de livres. Norma ouvre une page, au hasard.

— C'est quoi ?

— C'est tous les mecs avec qui j'ai couché. Y en a 114 en tout.

Sur chaque page est écrit un numéro, à côté d'un prénom masculin. Certains sont suivis d'annotations cryptiques, un genre d'aide-mémoire.

71. Hugo. Confinement. Feu sacré. Alchimie. Connard.

72. Omar. Les Lilas. Cuisinier. *Modern Love*.

73. Isidore. Acteur raté du faubourg. Vieux. Chemise hawaïenne.

74. Lucas. Simulacre. Amour à demi. Sans suite.

Tous ont été des camarades de draps, le temps d'étreintes éphémères ou discontinues. Certains ne m'évoquent plus rien quand d'autres me font sourire, ou m'inspirent un sentiment de pitié à mon propre égard. Cette liste, c'est pour me souvenir de tous, pour rappeler leurs existences et retenir quelque chose d'un passé commun, aussi embryonnaire soit-il. Pour cristalliser leur image « dans le rétroviseur d'un bref instant ». L'expression est empruntée au poète Henri Michaux, l'idole de Benjamin. Peut-être qu'après tout, je suis plus sentimentale que je ne le crois.

À moins qu'il ne s'agisse d'autre chose. Il est possible que ce ne soit rien de plus qu'un inventaire. J'accumule les hommes, mais je ne les possède pas. Je ne conserve d'eux que des souvenirs, rien de tangible, pas même une photo. Les bleus ne restent pas longtemps sur ma peau. Ce carnet, c'est ma collection. Le seul endroit où je puisse l'admirer dans sa totalité. Certains collectionnent les timbres, les cartes postales, d'autres les figurines. Moi, je collectionne les hommes.

Je repense à Léonie, une directrice de clientèle qui passe son temps à se plaindre de tous ces types qui ne la rappellent pas, qui la baisent et s'en vont, se disent polyamoureux et refusent de s'engager avec elle. Devant un auditoire de cœurs déçus, elle s'épanche sur ses malheurs, et elle me demande souvent comment je fais, moi, pour « baiser comme un mec » et passer outre l'humiliation de ne pas être aimée. N'ai-je pas envie d'un peu de romantisme, de sécurité ? Avoir un homme rien qu'à moi ? Qu'on me dise des mots d'amour, qu'on m'invite au resto ou en vacances ? « T'es dans le déni, mon enfant », finit-elle souvent par dire pour ne pas s'avouer qu'elle jalouse mon détachement. Je lui réponds alors que c'est ainsi que je surnomme ma rue : la rue du Faubourg-Saint-Déni.

Ce qu'elle ne peut pas comprendre, elle, du haut de ses trente-six ans, c'est que je n'ai connu que ça. J'ai grandi devant l'émission *Next*, sur MTV, qui a su forger une génération de cœurs dégénérés. En quelques minutes à peine, un candidat devait choisir parmi cinq prétendants celui qu'il souhaitait revoir. Les applications de rencontre ont paramétré ma vie sexuelle. Ma carte du tendre est une carte du Tinder. Elle commence dans la ville de Match et finit dans celle de Ghost. Adieu estime, inclination et billets doux. Je m'en suis accommodée, pire, j'en ai fait mon credo. Est-ce que ce n'est pas cela, aussi, être une femme forte et indépendante ? Aimer les hommes, malgré tout, malgré eux, sans attendre davantage qu'une partie de jambes en l'air sans lendemain. Le couple est une guerre d'usure. Moi, les hommes, je les *blitzkrieg*. Je préfère qu'ils soient ma ligne Maginot.

Jusqu'à présent, seul Benjamin était au courant de l'existence de cette liste. Lui me comprenait lorsque je lui disais que le sexe est pour moi un arrêt sur image, une manière de figer quelque chose de l'autre, de le faire exister « au-delà du moi ». On baise avec ce fameux « mystère de la vie intérieure » dont parle souvent Benjamin. C'est une expérience transcendantale, comme une transe. Je cherche un ailleurs dans autrui. Une fuite dans l'instant. Nous n'avons pas besoin de nous aimer, de nous connaître, de nous revoir. Seules comptent les quelques minutes monstrueuses où nous ne faisons qu'un. Alors oui, quand je baise, je veux que ce soit brutal, mais c'est pour fixer la jouissance ou simplement l'existence de l'autre, dans le plaisir et la douleur.

Norma tourne les pages, fascinée. Je sens que tout cela la dépasse, mais elle ne peut s'empêcher de lire chaque mot, comme si elle essayait de déchiffrer un code secret.

— C'est qui B ? demande-t-elle. Y a juste écrit B.

Je baisse les yeux. Un B majuscule est inscrit devant le numéro 109.

Nous aurions pu rester amis avec Benjamin, nous retrouver de temps en temps pour boire un Perrier, découvrir une exposition, évoquer le bon vieux temps. Mais non, j'ai merdé. C'est ma faute. Je l'ai serré dans mes bras, longtemps, suffisamment longtemps pour nous faire déraper. Un baiser croche-patte, contre son gré. Il n'en voulait pas. Il ne voulait pas de moi, ce soir-là… Détournement de majeur. Et pourtant…

Je ne peux plus le soutenir, à présent, lui remonter le moral et lui dire que tout ira bien, qu'il n'a qu'à devenir autoentrepreneur et démarcher ses anciens clients pour gagner le double de ce qu'A.T.K. lui versait chaque mois. Autrement, je l'aurais appelé chaque soir pour prendre de ses nouvelles, le distraire un peu. Rien de tout cela n'est plus possible.

Je prends le carnet des mains de Norma, arrache la page, puis la déchire en petits morceaux qui retombent en pluie sur le parquet.

— Qu'est-ce qui te prend ?

— Faut que ça s'arrête.

Je déchire les pages une par une. Je veux repartir de rien, faire table rase et régler la note. Un peu comme avec mon karma. Zéro au compteur, à moins que le chiffre ne soit devenu négatif le soir du Sans Souci. Je me suis endettée. Je dois être à moins 100 000, moins 1 million même. En dette de bonne fortune. Comment m'en acquitter ?

— Je suis accro, dis-je. C'est pas normal de coucher avec trois hommes différents dans la même journée sans se sentir salie ni honteuse mais plutôt frustrée, inassouvie.

— Normal, tu sais, ça ne veut pas dire grand-chose.

Je m'assieds à mon bureau et ouvre mon ordinateur portable. Je lance une recherche sur Google.

— En moyenne, dis-je, une femme hétérosexuelle connaît 7,3 partenaires sexuels au cours de sa vie, et seulement 10 % des Français ont plus de trois rapports sexuels par semaine. Sinon, 75 % des Français sont en couple, et 66 % vivent sous le même toit. Voilà. Je ne suis pas normale. C'est un fait.

— Mais toi, comment tu te sens ? Est-ce que ça te fait du bien de coucher avec plein de mecs ? Si ça te fait du bien, tu n'as aucune raison d'arrêter.

Je ne sais pas comment je me sens ni comment j'en suis arrivée là. Dans tous les cas, je ne peux pas tout dire à Norma. Elle n'a pas besoin de savoir que je me masturbais avec Monsieur Pinpin, mon doudou, en maternelle. Ces choses-là, on les garde pour soi, ou bien on les confie à son psy lorsqu'on a de l'argent à jeter par les fenêtres de son inconscient. Ce n'est pas mon cas.

— Ça t'ennuie si je vais prendre une douche ? Après, si tu veux, on peut sortir, prendre un café.

— J'ai dit à Margot que j'avais une urgence familiale, dit-elle. J'ai la journée devant moi. Café avec plaisir.

Dans l'étroite cabine de douche, j'espère un miracle, ressortir immaculée. C'est ainsi, depuis ma première fois. J'ai un rapport judéo-chrétien à l'eau. J'attends qu'elle m'absolve de mes péchés, qu'elle répare le passé. Pourtant, lorsque je ferme les yeux, je revois ce garçon qui m'avait invitée à déjeuner, en classe de troisième, au collège. Je n'étais pas populaire. Lui, si. À l'époque, il m'impressionnait. Son visage m'apparaît plus adulte qu'il ne devait l'être à l'époque. Des séquences brèves s'enchaînent dans mon esprit : un trajet silencieux, dans le métro ; des tours d'immeubles, à Crimée ; un ascenseur, un premier baiser ; sa chambre d'ado, avec une télé, un matelas et une porte vitrée. Des clips passaient en boucle sur MTV. Nous nous étions déshabillés sans échanger un mot. Il avait insisté pour que je lui fasse une fellation. J'avais refusé, encore et encore, jusqu'à céder. Il voulait aller plus loin mais je me suis enfuie, lui abandonnant ma brassière de collégienne. Après cela, je n'ai plus voulu approcher un garçon, jusqu'au moment où j'ai perdu ma virginité, un peu contre mon gré, à cette fête de Halloween. Très vite, le sexe est devenu une obsession, un moteur existentiel. J'ai voulu me remplir, n'importe comment, avec n'importe qui, et les applications de rencontre m'ont aidée à swiper de vide en vide.

Je prends le savon et me frotte les bras, les seins, le ventre. Faut que ça parte, toute cette saleté qui me colle à la peau. Mes cuisses sont à la fois pleines de regrets et gorgées de désir. Mon ami le plus cher, je l'ai éloigné de moi pour une partie de sexe involontaire. Alors, pour oublier, je m'anesthésie avec d'autres corps, avec du porno… Je suis une junkie, une putain de droguée. Je vais chez un mec, je prends ma dose et je m'en vais. Et quand une dose ne suffit plus, je vais me fournir ailleurs. Pourtant, je reste prude, pour une folle du cul. Il y a des choses que je ne fais pas, qui m'horrifient ou qui me dégoûtent. J'ai toujours refusé la sodomie, comme l'éjaculation faciale. Une fois, seulement, j'ai enfoncé un doigt dans un anus. Après cela, j'ai eu envie de m'arracher l'index. Je frotte, je frotte encore plus fort, je me shampooine. Comment ai-je pu, avec Benjamin ? Je l'ai forcé à l'adultère. C'est moi qui l'ai baisé. Lui, il s'est laissé faire. Il m'a abandonné sa tristesse, et j'en ai abusé pour prendre mon pied. Le pire, dans tout ça, c'est que je ne bois même pas d'alcool, je ne me défonce pas. Je n'ai aucune excuse. J'étais lucide. L'eau tiédit, puis devient froide. Foutu ballon d'eau chaude.

J'émerge de la salle de bains enroulée dans une serviette.

— Eh bah voilà ! dit Norma. Un beau bébé tout propre…

Elle a défait le lit. Les draps sont en boule au milieu de la pièce. Elle a ordonné le bureau, rangé tout ce qu'elle a pu en piles proprettes. À nouveau, je ne sais comment lui témoigner ma gratitude. J'ai l'impression d'être un boulet.

— Y a une laverie, dans le coin ? demande-t-elle.

— Rue des Petites-Écuries, en face du New Morning.

— La salle de concert ? J'y suis allée avec mes parents, quand j'étais petite, écouter du jazz manouche. Bon, on fait une machine, on prend un café, et ensuite je vais t'aider à remettre de l'ordre dans tout ça.

— T'es pas obligée, tu sais…

— C'est normal, et t'aurais fait la même chose pour moi si j'allais pas bien… T'as juste besoin d'un nouveau départ.

Les nouveaux départs, ça n'existe pas. Je n'y crois pas. Est-ce que Benjamin a pris un nouveau départ, lui, après le Sans Souci ? Il est trop intelligent. Il sait qu'il doit vivre avec sa vie, se trimballer chaque fardeau, porter sa honte, sa culpabilité, sa peur et sa peine… Renouveau. Renaissance. Rédemption. Tout ça, c'est de l'esbroufe publicitaire. Une invention marketing. On cherche à nous faire croire qu'une nouvelle coupe de cheveux, une nouvelle garde-robe, un grand voyage ou des plantes vertes ont le pouvoir de nous régénérer. On ne se régénère pas. Nous périclitons et rien, pas même une crème anti-âge, n'arrêtera le temps. La vie n'est qu'un long déclin. On se dégrade, petit à petit. Des plis amers naissent au coin des lèvres. L'œil devient terne. Et après avoir été le témoin de nombreuses existences, on se rend compte que plus personne n'est le témoin de la nôtre. Cela doit faire tout drôle, de se retrouver seul, insignifiant, sans personne pour nous voir ni nous entendre.

Mais bon, je peux au moins faire semblant, jouer le jeu. Simuler la métamorphose. Je vais supprimer toutes les applications de rencontre de mon téléphone, m'acheter de nouveaux vêtements, des vêtements basiques. J'irai chez le coiffeur, je prendrai un abonnement à la salle de sport. J'aurai l'air changée, seulement l'air. C'est facile d'avoir l'air.

Je me construirai une vie normale. C'est peut-être là ma seule chance de survie. Oui, Norma, il me faut un nouveau départ. Plus jamais je ne me donnerai entière dans les bras de la vie.

Ranger la chambre

La Reine Margot me fait signe d'approcher. Elle m'invite à la rejoindre sur le canapé. Elle tient une tasse de Ricoré qu'elle porte à ses lèvres, le petit doigt levé. Elle me considère avec émotion. Dans ses yeux, je lis quelque chose comme de la fierté. On dirait le regard d'une mère qui se revoit devenir femme à travers sa fille.

Un regard tellement plus maternel que celui que ma propre mère a porté sur moi lorsque je lui ai montré ma nouvelle coupe de cheveux. On aurait dit qu'elle ne me reconnaissait pas. « T'étais tellement belle avec les cheveux longs… », a-t-elle regretté en triant une pile de tickets de caisse. La créature qui se tenait devant elle n'était plus son enfant, du moins elle ne ressemblait plus à sa petite fille. Cette frange haute et courte, ce dégradé, ces petits cheveux qui bouclent sur la nuque me rendaient soudain étrangère à ses yeux.

La Reine Margot, en revanche, aime ce qu'elle voit. Une Paloma Madar disciplinée, qui va à la salle de sport deux fois par semaine, ne déjeune plus jamais seule et échange des banalités avec les autres filles de l'agence avant de rentrer en salle de réunion. Une Atékienne. L'enfant de la réclame. Son joli petit pantin, sage comme une image.

Elle sent que j'ai viré de bord et ça lui plaît. J'ai troqué mes tenues bariolées de lycéenne pour des ensembles neutres. Aujourd'hui, je porte une chemise légère sous un blazer noir, un jean et une paire de boots à talons. Je me fonds dans le décor.

La Reine Margot souhaiterait que je lui lise le scénario que je viens d'écrire pour une campagne de Noël mettant en scène plusieurs parfums d'une même marque de luxe. Je commence par lui lire le concept en précisant que j'ai repris les mots des clients. Ça lui convient. Le script a beau être relativement attendu, Margot Wilson repose sa tasse et fait mine d'applaudir. C'est parfait, dit-elle. Je coche toutes les cases. On a de la diversité, du déballage de cadeaux à foison, de la joie et du partage. Et puis, il sera aisé de morceler le film en saynètes de dix secondes, pour les réseaux sociaux. Elle trouve d'ailleurs amusante l'idée de jouer à la bouteille avec des flacons de parfum. C'est « disruptif », me dit-elle. Il n'y a plus qu'à demander au *roughman* de dessiner les images du storyboard avant de présenter le film aux clients. Alors que je me lève, Margot me demande si je peux « monter » sur une compétition. Elle a besoin de moi pour écrire un film. C'est encore du parfum. Oui, bien sûr, dis-je, avec joie. Elle me remercie. Margot trouve que j'ai mûri, ces derniers temps. Elle m'avoue s'être inquiétée, lorsque j'ai disparu trois semaines. Elle prétend que je lui ai manqué. Mais bon, elle est heureuse de voir que je suis de retour, et en aussi grande forme. Je suis contente d'être revenue, dis-je en tournant les talons.

Ma vie est ici. J'aime A.T.K. à la manière d'un amant turbulent. Le genre d'homme que vous avez dans la peau et dont on renifle le caleçon lorsqu'il est sous la douche. Un type dont j'accepte chaque saute d'humeur pour les quelques minutes d'extase qu'il veut bien m'accorder. Il pourrait me sodomiser à sec et je continuerais de l'aimer, en petite fiancée idolâtre. Un homme auquel j'appartiens, et qui ne m'appartiendra jamais tout à fait. J'ai déjà bien de la chance qu'il me possède, qu'il me malmène un peu, et qu'il abuse de mon amour.

Pour lui, j'ai « rangé la chambre ». J'ai donné mes vieux bouquins de philo à la Croix-Rouge, j'ai fait un tri dans ma penderie, j'ai supprimé Bumble, Hinge et Tinder de mon téléphone. Rien ne doit me déconcentrer. Je veux être à lui, entièrement à lui.

L'expression est empruntée à Margot Wilson. « Les enfants, il faut ranger la chambre », dit-elle souvent lorsqu'elle découvre notre travail pour la première fois. Elle nous intime sans cesse de remettre de l'ordre dans notre réflexion, sans cela, elle est perdue. « Je suis paumée. Qu'est-ce qu'on se raconte ? » C'est souvent ce qu'il se passe lorsque trois personnes élaborent en même temps la structure d'un même document en des temps records. Une introduction bourrine, un développement à trous. Certaines choses ne sont pas à la bonne place, d'autres méritent d'être écourtées ou bien développées. C'est pour cela qu'il faut avoir une vie ordonnée, aussi fluide qu'une présentation PowerPoint.

« Margot dit toujours qu'il faut ranger la chambre, mais elle, c'est la maison qu'elle devrait ranger », s'est un jour insurgée une stagiaire fraîchement sortie d'école de commerce. Ce que je ne lui ai pas dit, c'est que la maison n'a pas besoin d'être rangée. Tout est à sa place. Chacun joue son rôle. Derrière cette politique du chaos, du trop-plein, de la débâcle et de l'angoisse se cache une organisation parfaitement maîtrisée. L'anarchie est un système de gouvernance comme un autre. C'est pour cela, d'ailleurs, qu'il nous est si difficile de nous en aller. En république, nous perdons nos repères. Nous ne savons plus comment nous comporter. A.T.K. a ses enfants prodigues. Beaucoup quittent l'agence persuadés qu'une vie meilleure les attend ailleurs. Ils finissent souvent par revenir, pleins de repentir, quelques années plus tard. Ils supplient alors la Reine Margot de les laisser rentrer à la maison, promettant de ne plus jamais fuguer et d'être sages.

Et moi, qui n'ai rien connu d'autre, je suis plus que jamais la petite princesse de ce royaume enchanté, prête à accomplir de vaillants exploits.

Les projets se chevauchent, se croisent, se chassent et reviennent. Un jour un livre de marque, le lendemain une pub de parfum, puis un dossier de presse, une stratégie digitale, un *tone of voice*, une orchestration digitale, un plan de communication, un autre *tone of voice*, un autre livre de marque, le tout entrecoupé de réunions, de pauses-café et de déjeuners, d'instants de complicité entre collègues dans le jardinet du deuxième étage.

Le casting d'un film est validé puis les clients exigent de nouvelles têtes, avant de nous imposer trois influenceurs amis de la Maison. Une saynète est remise en question, réécrite, supprimée, puis transformée. Chaque semaine, une nouvelle version s'ajoute au dossier, conservé précieusement sur le bureau de mon ordinateur : V1. V2. V3. V9.

Je me sens comme une machine à sous qu'une main invisible ne cesserait d'approvisionner. Un jeton et c'est reparti. *Cling. Cling. Cling.* Tant que je reste docile, que je dis oui et merci, personne ne prendra l'initiative de me débrancher.

Fini de me rebeller contre les poncifs de la pub, je collectionne même les cartes de fidélité (Picard, Monop, UGC…) à présent. Je m'enfonce dans la banalité comme dans des sables mouvants. J'ai mis de côté mes velléités vandales. Je répète les mots de mes camarades, emplie d'une joie spéculaire. Chaque fois que je prononce l'expression « à date », laquelle se traduirait en bon français par « pour le moment » ou bien « à ce jour », je comprends que je ne fais plus semblant. Je « viens » embrasser le monde de la publicité. Je parle sa langue et je prêche son évangile. Je me « projette » en lui, parce que c'est « clé » de se projeter. C'est ce qu'il faut, pour satisfaire les masses. « Partir sur » une bonne dose d'abnégation.

Je trouve même normal qu'une commerciale se félicite des opérations de chirurgie esthétique de son égérie. Depuis que la mannequin s'est fait liposucer le menton, on peut la prendre en photo sous tous les angles. C'est merveilleux. Une prise, et c'est dans la boîte.

Le soir, au lieu de penser au réchauffement climatique, à la guerre en Ukraine et à l'inflation qui menace le pouvoir d'achat des ménages français, je me blottis dans mon lit et j'enchaîne les épisodes de séries adolescentes sur Netflix. Des scénarios uniformisés, des trames prévisibles dans lesquelles je me love avec délice. J'aime cette temporalité indéfinie, élastique, où décors rétro et smartphones me plongent dans un merveilleux vortex. Impossible de savoir à quelle époque se situent les intrigues tant l'esthétique contredit les obsessions des personnages. Aucune fille, dans les années 1970, n'aurait parlé de micro-agressions. Aucun garçon n'aurait assumé publiquement son homosexualité. Personne ne se serait revendiqué non-binaire. Les actions se déroulent dans des banlieues résidentielles qu'il m'est impossible de replacer sur une carte, ne sachant si elles se trouvent en Angleterre, aux États-Unis ou en Australie. Greendale. Riverdale. Bloomsdale. Chaque fois le même décor de carton-pâte, les mêmes majorettes et les mêmes Bombers. Cette déterritorialisation m'enchante. C'est si bon de pouvoir rêver, hors-sol, hors contexte, loin du réel. Là, l'Histoire ne peut m'atteindre. Elle se réécrit, se revisite, au prisme d'études qualitatives prouvant que les jeunes aiment le vintage mais pas le passé. Non, le passé c'est sale, ça pue la clope, c'est raciste, sexiste, homophobe, genré et j'en passe. Mieux vaut n'en garder qu'une esthétique et une bande-son, parce que quand même, ils jouaient de la bonne musique, avant.

Norma, elle, a trouvé un autre refuge. Elle fréquente le Tony, un bar de la rue des Petites-Écuries, à quelques mètres de chez moi. Là-bas, elle perd ses repères entourée d'une jeunesse rétro, avec des petites gueules 80 et des looks new wave. Ils organisent des concerts amateurs dans une minuscule salle obscure, se dandinent par vagues dépressives et elle s'enivre de leurs fantasmes passéistes en tapant du speed dans les toilettes. L'effet est le même. Évacuer le présent. Intolérable. Persistant. À chacun son radeau.

Moi, je me construis une vie normale. De mes amants, je n'ai gardé que Jérémy, l'ébéniste. Un gentil garçon qui me fait gentiment l'amour, maîtrise la recette des pâtes à l'arrabiata, parle d'accepter sa part de féminité et se grise devant des sketchs à l'humour convenu. Il m'envoie chaque jour des vidéos qu'il voit passer sur son feed Instagram et il ignore que la veille de nos retrouvailles, je me suis envoyée une dernière fois en l'air avec une ultime trouvaille Bumble. Je lui avais donné rendez-vous sur le quai du TER, en direction de Fontainebleau, pour un adieu aux armes maladroit, arc-bouté contre le tronc mousseux d'un jeune chêne.

Je me force à chérir ses idées étriquées, ses ambitions de bobonne, son intelligence médiocre, son matérialisme primaire. Il a beau exercer une profession noble, Jérémy n'attend que sa paye pour pouvoir s'offrir une nouvelle paire de baskets et dîner dans le dernier restaurant à la mode. Lui qui travaille le bois cumule les gadgets en plastique.

Son esprit suit le balancier de l'époque, il s'élève d'un extrême à l'autre, balayant tout ce qui se trouve au milieu. Jérémy répète ce qu'il lit sur les réseaux sociaux et il s'émeut de tout, sans nuance. Jamais un mot d'esprit.

Il y a quelques semaines, je l'ai rappelé. Je lui ai dit que j'aimerais beaucoup le revoir, j'ai promis d'être gentille.

Pour achever de le convaincre, j'ai juré qu'il n'aurait plus jamais à me fouetter avec des fleurs. D'ailleurs ce n'est plus la saison des mimosas. Il a accepté, d'abord sur ses gardes, puis de plus en plus avenant. Nous avons commencé à nous fréquenter un peu, puis beaucoup.

J'aime qu'il soit un garçon comme tant d'autres, à la beauté ordinaire. Lorsqu'il vient se blottir contre moi je lui dis des mots simples et il me sourit, comme si je pouvais le rendre heureux.

Il pense avoir trouvé en moi une complice, une fille de son âge stable et disposée à l'aimer, avec laquelle bâtir un avenir commun par l'achat d'une nouvelle brosse à dents, d'une machine à eau gazeuse et d'un projecteur.

Deux fois par semaine, Jérémy s'applique à me faire l'amour, ne se doutant pas qu'il pénètre une machine à sous dans une enveloppe de chair et de dentelle synthétique. Des *cling, cling, cling* s'entendent dans mes oui, oui, oh oui.

Salomé me tape sur l'épaule. C'est urgent. Elle souhaite s'entretenir avec moi, en privé. J'imagine que ce n'est pas pour me parler de son tour du monde, de l'Inde à l'Argentine. Le départ est imminent.

Elle me conduit jusqu'au jardinet du deuxième étage. Dans l'ascenseur, je ne peux m'empêcher de prendre un air coupable. Pourtant, il est peu probable que Salomé sache ce que j'ai fait, dans la nuit du Sans Souci. Benjamin se confie peu. Il n'aime pas parler de lui. Alors pourquoi ai-je l'impression qu'elle m'en veut ?

Nous restons debout sous un arbre en fleur. Salomé semble préoccupée.

— T'as vu Benjamin, récemment ? me demande-t-elle.

— Pourquoi ? Clara a accouché ?

— La semaine dernière. Abel. Deux kilos cinq. Quarante-huit centimètres. Il ne t'a pas envoyé la photo ?

Merde. Qu'est-ce que je vais lui dire, maintenant ? Elle doit bien se douter qu'il s'est passé quelque chose, pour que Benjamin ne m'ait pas annoncé la naissance de son fils. Salomé est intelligente. Elle comprendra vite. Elle pensera d'abord à une dispute, avant de se dire que c'est peu probable. Benjamin a horreur des conflits. Si ce n'est pas une querelle, alors quoi ? Le péché originel.

J'attends de voir son regard changer, mais rien ne se passe. J'oublie parfois que l'on ne pense qu'à soi. Personne ne s'intéresse aux autres au point de deviner leurs secrets. Et quand bien même, on se trompe souvent.

— Et ça va ? Le bébé va bien ? Benjamin n'est pas trop épuisé ?

— Je l'ai appelé pour le féliciter, mais il n'a jamais décroché. J'ai contacté Jeff et Ludo, ses potes, dans la conversation WhatsApp de son pot de départ. Ils n'en savent pas plus. Ils n'ont aucune nouvelle de lui. Clara l'a quitté. Il n'a pas retrouvé de travail.

— Elle l'a quoi… ?

— Clara l'a quitté. Tu ne savais pas ?

— On ne s'est pas parlé, depuis le Sans Souci.

Son long visage blanc se fige. Elle semble déconcertée. Peut-être pensait-elle que j'étais restée la petite protégée de Benjamin et qu'il n'avait écarté qu'elle. La seule, pourtant, à l'avoir défendu.

— Tu sais pourquoi ? dis-je.

— Aucune idée. La dernière fois qu'on s'est parlé, il m'a dit que Clara voulait élever seule le petit. C'est tout. Tu le connais, il a même fait une blague. Depuis, silence radio…

Un frisson me parcourt. À nouveau, l'image des chaussettes rouges de Benjamin, trouées au talon, me revient. Je me revois les déchirer lentement, le tissu craquant peu à peu.

L'homme que j'ai poussé sur mon lit s'est-il laissé abuser parce que Clara l'avait déjà quitté, ou bien est-ce arrivé après ? Si ça se trouve, c'est ma faute. Benjamin ne lui a sans doute pas avoué ce qui s'est passé cette nuit-là, mais en le voyant rentrer à l'aube, la mine défaite, imprégné de mon odeur, elle a peut-être deviné qu'il l'avait trompée.

— Je suis désolée… tellement désolée…

— Désolée de quoi ? C'est cette conne de Margot qui devrait être désolée… et la stagiaire.

— Désolée de ce qui lui arrive…

Est-il trop tard pour partir à la recherche de Benjamin ? Il habite rue Manin, en face du parc des Buttes-Chaumont. Le numéro m'échappe. Je ne peux pas non plus l'attendre devant chaque porte d'immeuble. Avec un peu de chance, je le trouverai peut-être à l'Étincelle, son rade préféré, dans le 11e. Et s'il n'y est pas ? De toute manière, qu'est-ce que je lui dirai ? Pardon ? Benjamin n'en a rien à faire, que je sois désolée. Ça ne lui rendra pas sa vie d'avant, ni sa carrière, ni sa fiancée, ni son enfant… Tout ce que je ferai, c'est lui rappeler un coït malheureux qu'il préfère sans doute oublier.

Je suis impuissante face à ses malheurs. Il ne reviendra pas, et je ne peux rien faire pour lui.

Il ne me reste que l'oubli, à défaut du pardon. C'est ainsi que les être normaux font face à l'adversité. Ils acceptent. Ils tournent la page. Ils se disent tant pis.

Demain, avec un peu de chance, il fera soleil.

Sauvages

C'est amusant, pour des êtres dont le métier consiste à provoquer des émotions, nous sommes parfois terriblement insensibles. J'ai fait parler une rose, au clair de lune. J'ai rendu hommage au désir, au destin, à la beauté, à la vie. J'ai galvanisé l'amour entre mères et filles alors qu'il m'est pénible d'appeler ma propre mère pour prendre de ses nouvelles. J'ai imaginé un monde sensible, où tout se ressent plus fort, où les lumières sont plus vives et les odeurs exaltantes, entre les quatre murs gris d'une minuscule salle de réunion. J'ai drapé des créatures divines des parfums de la luxure. J'ai exprimé toute ma reconnaissance envers Benjamin, par l'intermédiaire d'une bague de pacotille. Et pourtant…

Anaïs fait ses adieux, à quelques mètres de moi, et je reste là, impassible. Dans quelques instants, elle ira remettre son ordinateur et son téléphone portable au service informatique. Je la regarde depuis mon bureau sans songer à la confrontation. Ça ne me fait rien, qu'elle soit relâchée dans la nature sans un duel final. J'ai été lâche. À présent, elle ne m'inspire qu'un vague sentiment d'indifférence. Son stage a pris fin. Elle s'en ira, ignorant ce que sa bêtise a provoqué : la ruine d'un homme. Il me reste encore quelques minutes pour lui parler. Je pourrais la suivre dans les ascenseurs. Je pourrais…

Il n'en sera rien. On ne déclare pas la guerre après la débâcle. Lui faire face, à présent, serait vain, comme d'espérer le pardon de Benjamin. Dans la vie, il n'y a pas de morale, juste des fins ouvertes, des occasions manquées. N'est possible que ce qui arrive.

Anaïs et Chloé se prennent dans les bras, font mine de s'émouvoir. On dirait deux Martiennes, avec leurs paillettes plein les yeux et leurs dégaines futuristes. Les créatifs ont un passe-droit concernant l'excentricité vestimentaire. Chacun affiche son book à travers son look, et offre un premier aperçu de son univers. Plusieurs fois, j'ai entendu des collègues déclarer qu'elles s'étaient trouvées (c'est-à-dire qu'elles avaient trouvé leur style) en travaillant ici. À force de manipuler des images, on finit par vouloir leur ressembler. À force de dire « soyez vous-mêmes », on finit par croire que cela a du sens. Les deux filles s'enlacent en sautillant. Elles promettent de se revoir, de rester amies, comme deux copines de colo sur le quai de la gare.

Un peu plus loin, à l'entrée de l'open space, j'aperçois un caméraman et un ingénieur du son. Ce dernier tient une perche et exécute de premiers tests acoustiques. Ils sont venus filmer la reconstitution d'une réunion passée pour une grande marque de luxe. Un simulacre destiné à la seule communication interne des clients. En attendant leur arrivée, une fille se remaquille, une autre se passe du déodorant sous les aisselles, et Margot fait des grimaces pour amuser Clothilde, qui tient le boîtier d'un micro-cravate avec angoisse, comme une jeune mariée son bouquet.

Le département luxe d'A.T.K. est une scène de théâtre où personne ne joue la même pièce. Comédies, drames et tragédies s'improvisent au même étage. Seulement, personne ne sait jamais son texte et il manque un metteur en scène.

Moi aussi, aujourd'hui, j'aurai mon morceau de bravoure. Pas celui attendu. Anaïs ne me donnera pas la réplique. Je n'aurai jamais sa version des faits et c'est tant mieux. Si elle a une bonne excuse, en dehors d'avoir été élevée par une mère avocate et d'être le fruit de son époque, je ne l'entendrai pas. Je n'ai pas besoin de l'entendre, et surtout, qu'est-ce que ça change ? Son histoire est peut-être douloureuse, ou au contraire bête et méchante. Je m'en fiche. Benjamin a été viré par sa faute. Sa compagne l'a quitté. Il ne verra son fils que le week-end. Et moi je suis devenue normale. Je me consume dans cette société de consumation, où l'Autre est avalé par un ego ogresque.

Je ne pense qu'à moi et à mon point d'orgue. Cet après-midi, Margot Wilson m'a accordé un entretien. Après deux ans de relation libre, je souhaite officialiser mon union avec A.T.K. Le moment est venu de poser le genou à terre et de lui demander sa main. Je signerai un contrat, pour une durée indéterminée. Nous serons mutuellement obligés à une communauté de vie. Nous nous devrons respect, fidélité, secours et assistance. Nous assurerons ensemble la direction morale et matérielle de la famille. Oui. Je le veux. Je serai une employée, enfin.

Je bénéficierai des mêmes droits et devoirs que mes camarades. Adieu l'Urssaf du Limousin. Adieu précaire indépendance.

Anaïs et Chloé sortent. Entre Norma.

— Alors, prête à te jeter dans la gueule de la louve ? me demande-t-elle.

— T'as pas idée…

Hier, je me suis entraînée avec Jérémy. Il m'a donné la réplique toute la soirée. J'ai bien répété. Le moment venu, je sais ce que je dirai. Je ne me laisserai pas avoir. Je réclamerai un salaire décent, à la mesure des projets qui me sont désormais confiés. Et la balle est dans mon camp : sur les cinq compétitions réalisées ces dernières semaines, j'en ai gagné trois. Les filles du trafic peinent à organiser mon emploi du temps. Je suis de plus en plus demandée.

— Je pourrai enfin me payer la cantine, dis-je. Et je n'aurai plus besoin de voler au Monop. J'ai failli me faire choper la dernière fois.

— Et t'auras une mutuelle. C'est pas mal, les détartrages, tu sais.

— Les bonus aussi, c'est sympa.

— T'emballe pas, cette année, j'ai eu que 200 balles…

— Et puis j'aurai accès à la salle de sport. Je serai plus obligée d'aller chez Easy Gym, à Répu. J'ai du mal avec leur direction artistique. Orange low cost.

— On va fêter ça ce soir ? Les filles ont prévu d'aller au Sauvage, après l'apéro général.

Aux beaux jours, l'agence organise des « apéros » au cinquième étage. Les ascenseurs sont placardés d'annonces nous incitant à considérer nos collègues comme des amis et à trinquer avec eux, le temps de brèves réjouissances estivales.

— C'est quoi, le Sauvage ?

— Un club, pas loin des Halles.

— Y aura qui ?

— Mathilde, Marjo, Hugo, Bapt, Manon, Jojo, Faranah, Chaton, Seb et Loulou, si elle ne se déchauffe pas.

— Trop hâte ! dis-je, comme si une autre que moi parlait.

Norma s'assied à côté de moi et me réclame des mots pour présenter une collaboration entre une marque de mode et une jeune athlète. Tandis que je remplace le *lorem ipsum* sur les maquettes, elle me parle d'une fille qu'elle a rencontrée la semaine passée, en Normandie, chez des amis. Une Italienne. Grande. Blonde. Belle comme un oiseau marin. Elle a eu une épiphanie, dit-elle, sur la plage d'Houlgate. Bras croisés pour cacher ses seins nus, la fille s'est avancée dans la mer. Ça scintillait de partout. Elle riait, et ses longs cheveux balayaient son dos bronzé. Elle s'est jetée à l'eau. Norma pataugeait à côté d'elle, transie par la grâce douce et légère de cette fille à la beauté si simple. Elle ne pouvait s'empêcher de la regarder. Un ange sauvage lui était apparu. Elles ont nagé jusqu'à un banc de sable. La fille lui souriait. L'histoire s'arrête là. Cette fille, me dit Norma, lui a rappelé qu'il existait une vie en dehors d'A.T.K. Un bouillonnement salé, éblouissant et fugace. Tout n'est pas que béton, moquette, néons et baies vitrées, dit-elle. Il y a les vrais gens. La vraie vie, aussi. En questionnant ses amis, Norma a appris que la fille était pédiatre et qu'elle soignait des enfants atteints de cancers dans un hôpital. Elle s'est alors sentie vide, inutile, un parasite. En ce moment même, la fille est au chevet d'enfants mourants. Et elle ? Elle s'acharne sur des mises en pages sans intérêt. Jusqu'à présent, Norma s'était convaincue qu'A.T.K. était un vortex, une réalité parallèle, où tout ce que nous faisions avait un sens, une espèce d'utilité. À présent, elle comprend qu'A.T.K. existe dans le monde réel, et que dans ce monde réel il y a aussi cette fille, et des gosses qui ne se réveilleront pas demain matin.

Je ne peux m'empêcher de penser à Benjamin. Nous vivons dans la même ville, sur le même fuseau horaire. Nous respirons le même air. Ce n'est pas parce que nous ne nous verrons plus qu'il a cessé d'exister. Il est là, pas loin, à quelques stations de métro d'ici. Le constat est certes banal, mais c'est comme si j'avais volontairement exclu cette réalité, moi aussi. J'essaie d'éloigner les images du tas de chair et d'os recroquevillé sur mon lit, de les détruire en pensée, pour ne conserver de lui qu'une impression de singulière plénitude, celle des journées passées à ses côtés. C'est mon banc de sable, ma plage d'Houlgate à moi.

Norma attend que je dise quelque chose. Un peu brusquement, sur le ton de la défensive, je réponds qu'elle ne va pas en plus s'apitoyer sur son sort. C'est une chose, d'exercer un métier sans noblesse, mais au moins qu'elle ait la décence de ne pas s'en plaindre. Nous ne sauvons pas de vies. C'est un fait. D'ailleurs, elle n'avait qu'à faire médecine au lieu de s'inscrire à Penninghen, si c'était là son vœu. En revanche, nous sommes les psychologues des masses. La consommation a des vertus thérapeutiques, dis-je. Nous avons un slogan pour chaque névrose, une image pour chaque angoisse. Et, parce qu'on ne communique que positivement, nous offrons aux individus la meilleure version d'eux-mêmes afin qu'ils se subliment en achetant tel mascara, tel rouge à lèvres. N'est-ce pas merveilleux ? N'est-ce pas les aider déjà un peu ?

Dans les moments de vague à l'âme, comme d'autres snifferaient un rail de cocaïne, il m'arrive de regarder des publicités Saint Laurent, Lancôme, Kenzo ou encore Chanel sur YouTube. Elles font repartir mon cœur à 1 000 à l'heure. Une force brutale me traverse et excite mon désir de tout voir, tout vivre, tout sentir et embrasser à la fois. Une ardeur nouvelle déchaîne mon esprit. À l'instar des héroïnes de ces marques, je me sens capable de courir pieds nus à travers les rues de Tokyo, capable de galoper dans New York cramponnée à la crinière blanche d'un étalon. Moi aussi je peux danser comme une possédée, en robe du soir et talons aiguilles, le temps d'une transe frénétique dans les couloirs déserts d'un opéra. Ces publicités m'invitent à composer le clip de ma propre existence, avec la bonne lumière et la bonne équipe technique. Pour vendre quoi ? *Paloma Nude, eau de toilette.*

Norma n'aime pas beaucoup le cynisme. Ça ne me va pas, dit-elle. Elle s'en va, son ordinateur sous le bras, visiblement blessée. Je n'essaie pas de la retenir. Nous nous réconcilierons ce soir, à l'apéro, ou bien sur la piste de danse. Je lui dirai ce qu'elle veut entendre, comme aux clients de l'agence.

En attendant, je me trouve toutes sortes d'occupations, jusqu'à ce qu'il soit l'heure d'aller voir la Reine Margot.

Elle m'attend dans la salle B3, là où s'est tenu le procès de Benjamin. Aujourd'hui aussi, les rideaux sont tirés. Il y a des canettes de soda vides sur la table et des emballages de sandwichs. Une réunion s'est terminée. Ceux qui viennent d'en sortir poursuivent leur discussion à l'extérieur.

Margot se lève et fait les cent pas derrière une rangée de chaises. Elle va à la fenêtre pour aérer la salle.

Je fais un effort pour ne pas imaginer Benjamin, assis à ma gauche, trop sidéré pour se défendre. Ce n'est pas le moment. Je dois garder la tête froide.

— Tu te sens bien ici ? me demande-t-elle.

— Je crois.

— Vraiment ?

— Vraiment.

Margot fronce les sourcils puis me tourne le dos. Elle observe les fumeurs sur la passerelle, de l'autre côté de la vitre.

— J'ai envie de passer ma vingtaine chez A.T.K. Et pourquoi pas ma trentaine. Ici, c'est la famille…

— Famille ?

Un peu déstabilisée, je me tourne vers la chaise vide à côté de moi. Il me semble entendre Benjamin gratter du bout des ongles le film plastique d'un paquet de Lucky Strike à travers la poche de son jean.

— Ce n'est pas parce qu'il y a des gens qui s'en vont qu'on n'est pas une famille quand même.

Ce mois-ci, six personnes ont démissionné.

— Une tournante, quoi ? répond Margot. Ce n'est pas le temps qui passe, ce sont les gens.

Margot vit chaque départ comme un échec personnel. C'est peut-être la raison pour laquelle elle ne vient jamais aux pots de départ. Peut-être se sent-elle responsable ? Ou peut-être se dit-elle qu'elle ne serait pas à sa place. Elle n'a de toute façon pas d'appétence particulière pour la fête. Partout où elle va, la Reine Margot est en représentation. Elle ne se rend que là où sa présence aurait un quelconque intérêt, soit pour démarcher de nouveaux clients soit pour consolider les liens qui l'unissent à ceux qu'elle a déjà. Les défilés, les after-shows, les vernissages, Roland-Garros, le festival d'Hyères, la Biennale de Venise… Comme tout le monde, cela doit lui arriver d'avoir envie de regarder un film sur Netflix, le soir, en mangeant un bol de Weetabix. Margot a une tête à aimer les Weetabix.

— En tout cas, Clo est ravie de ta décision. Pour nous, c'est important d'offrir à chaque talent les moyens de s'épanouir et de se développer.

Margot se ressaisit. Elle répète les mots qu'on lui a enseignés, d'une voix maternelle.

— On ne se le dit pas assez dans nos métiers, mais tu sais que je tiens à toi, ma petite Paloma ? Tu grandis vite.

L'intensité soudaine de la discussion me fait rougir. Pourtant je ne perds pas mes moyens. Je repense à cette phrase de Macbeth qu'affectionnait Benjamin : « *Look like the innocent flower but be the serpent under it.* » N'avoir que le visage de la naïveté.

— D'ailleurs, dis-je, j'aimerais bien former les stagiaires, leur transmettre les ficelles. Personne n'a le temps, alors…

En disant ces paroles, je sens le parfum de Benjamin, *Bel Ami* d'Hermès. Je repense à ses chaussettes rouges en vieille laine. Je les revois craquer.

— Je t'ai vue dans une émission, sur Arte. Tu parlais de sororité. Très intéressant.

Margot est insensible à mes tentatives de flagornerie.

— Tu vois un psy ? demande-t-elle. J'ai commencé une thérapie. Tu devrais essayer.

Margot fouille dans son cabas Alaïa et en sort un portefeuille monogrammé. Va-t-elle me faire un chèque pour payer les premières séances, ou bien me tendre sa carte bancaire ?

Elle en retire une photo, qu'elle fait glisser sur la table. C'est elle, enfant. Son visage n'a pas beaucoup changé. Je reconnais les mêmes yeux soucieux, et cette grande bouche encombrante.

— J'ai demandé à l'enfant que j'étais de me pardonner…

— Quoi ?

— De me pardonner d'être devenue la femme que je suis aujourd'hui…

— Et ça a marché ?

Margot reprend la photo et la range dans son portefeuille.

— Je paye suffisamment cher pour que ça marche…

Elle me sourit. Le théâtre d'A.T.K. est devenu du Beckett. Absurdement absurde.

— Bon, on se dit quoi, *sweetie* ? 32 000, ça te va ?

Je me vois soudain nue, sur la chaise d'à côté, en train de m'envoyer en l'air avec un Benjamin imaginaire. À califourchon, j'attrape ses épaules molles et le gifle, dans une ondulation cathartique.

— Si tu veux. Oui.

— Top ! J'envoie un mail à la compta ! Bienvenue chez A.T.K., Paloma Madar…

Rideau. Scène suivante. Je converse avec un petit groupe, au cinquième étage, au cœur de l'agitation générale. Tous s'expriment avec animation et paraissent convaincus de l'importance de leurs propos, à tel point que l'on pourrait croire qu'ils disent des choses sensées. Ils s'entretiennent des projets en cours, de leurs clients, de la concurrence, des dernières campagnes publicitaires du moment. J'écoute avec intérêt. Certains se plaignent des tests réalisés par les clients : les marques soumettent nos créations à un panel de consommateurs lambda afin de s'assurer de leur bonne compréhension. Des choses sont souvent mal perçues, comme la présence d'un serpent ou encore des scènes de nudité. Quelqu'un se demande quels sont les profils sociologiques des membres de ces panels. C'est vrai que c'est étrange de s'enfermer dans un bureau pour se changer en critique publicitaire le temps d'une soirée. Et comme ils sont payés, même s'ils n'ont pas d'avis, il leur faut bien s'en inventer un pour justifier la rémunération. Alors ils se donnent de l'importance, cherchent ce qui pourrait bien les déranger. Du nivellement par le bas, s'écrie quelqu'un, comme pour clore le sujet. La conversation dévie. Ils font des commérages sur les dernières polémiques de la semaine. Une personne en a plagié une autre. Une égérie a partagé sur ses réseaux sociaux des contenus hautement confidentiels. Un réalisateur a violé son accord de non-divulgation. Ils semblent au courant de tout. Plusieurs sujets sont effleurés : le festival de Cannes, les tapis rouges, les dernières informations sur les films en compétition… Tout cela me ravit. J'interviens à peine, et lorsqu'une fille annonce qu'elle vient de s'inscrire sur une nouvelle application de rencontre, je me contente de sourire, comme si cela m'était étranger. Personne n'a besoin de savoir qu'il y a encore peu, je m'adonnais à une chasse à l'homme virtuelle. Je préfère l'oublier et me griser d'appartenir à ce monde. Le cadre est idéal : un immense réfectoire vitré, perché au dernier étage d'une agence de publicité, avec vue sur tout Pantin. Je pourrais rester là des heures, à bavarder. Norma regrette le monde extérieur. Moi, c'est tout l'inverse. Une fois dehors, A.T.K. me manque. Lorsque je suis auprès de Jérémy, je ne pense qu'à une chose : grâce à lui, je fais enfin partie des 75 % de Français qui vivent en couple. Il m'ancre dans une norme, une statistique, et c'est là ce qui me le rend attachant. C'est comme si je faisais partie de l'introduction stratégique d'une présentation PowerPoint. Dans la pub, avant de présenter la création, on cite des chiffres pour la justifier.

J'aperçois Norma qui discute avec Yannick, qui sert des bières derrière le comptoir tout en riant à ses plaisanteries. Nos regards se croisent et elle vient vers nous, un gobelet à la main. Il est tard, dit-elle. Nous pourrions peut-être commander un Uber.

Dernier acte du jour. Le van accélère sur le périphérique. Sept voix survoltées s'élèvent dans l'habitacle. Hugo lance un concours de blagues. Chaton nous demande si nous connaissons la différence entre un planneur stratégique et Dieu. Jojo répond que Dieu ne se prend pas pour un planneur stratégique. Mathilde convainc le chauffeur de monter le volume de la musique et Loulou, déjà ivre, hurle les paroles de la chanson, pour le plus grand bonheur de tous. Entre les fous rires, j'annonce à mes camarades que je ferai bientôt officiellement partie de la bande, après deux ans d'union libre. Tout le monde applaudit et Jojo pousse des youyous. Chaton trouve que ce n'est pas trop tôt. Seule Norma semble ailleurs. Sans doute songe-t-elle à l'Italienne, passant du banc de sable au chevet d'enfants malades.

Le van s'arrête au 58, rue Jean-Jacques-Rousseau. Nous descendons dans une joyeuse bousculade. L'euphorie se fait alors incertaine. Qu'est-ce que la nuit a de plus à nous offrir ? Nous nous regardons, irrésolus, comme en redescente de stupéfiants. Je me demande si nous ne serions pas plus heureux à faire des tours de périph en Uber.

Mathilde aperçoit un type qui fume une cigarette devant l'entrée du club. Elle fait de grands gestes pour attirer son attention. En la voyant, il prend un air urbain. Mathilde nous présente : la fine fleur d'A.T.K. La relève du département luxe. Le type travaille pour une boîte de production. Il propose de nous accompagner. C'est au sous-sol que ça se passe, dit-il.

Nous descendons un escalier plongé dans le noir et débarquons dans un espace bondé, secoué de lumières rouges. Il fait chaud. La musique est forte. Autour de nous, ça grouille de créatures. Des filles perchées sur des talons hauts, habillées de dentelle. Des êtres sans âge ni sexe. On se croirait dans une publicité. Pendant que les autres essaient de reconnaître, dans l'obscurité, tel acteur, tel réalisateur ou tel mannequin en vogue, j'entraîne Norma vers la piste de danse.

Dans l'oreille, je lui fais savoir qu'elle n'a pas à se sentir coupable d'exercer son métier. Dans quelques années, l'intelligence artificielle nous aura remplacés, donc autant en profiter tant que nous le pouvons encore.

Elle accepte la main que je lui tends et nous nous faufilons entre les fêtards pour nous placer devant le DJ. Il manie les platines, une paire de lunettes de soleil sur le nez, entouré de corps extravagants. Je m'agite aux côtés de Norma, ressassant d'impossibles « et si… ? ». Et si Margot ne nous avait pas demandé de rajeunir l'image de cette marque de mode ? Et si Anaïs n'avait pas appelé les ressources humaines ? Et si j'avais défendu Benjamin ? Et si j'avais confronté Anaïs ? Et si je n'avais pas abusé de la détresse de Benjamin, la nuit du Sans Souci ? Et si Benjamin réapparaissait enfin ? J'imagine que vieillir doit s'apparenter à un débarras où s'empilent de trop nombreux et crépusculaires « et si… ? ». D'ailleurs, toute histoire devrait aboutir sur ces deux mots ; « fin » est trop artificiel. Si j'étais romancière, c'est ainsi que s'achèveraient mes œuvres. Et si… ?

Nous piétinons à la cadence des morceaux synthétiques. J'essaie de me contenter de l'instant, ne rien espérer de plus que d'être là, près de Norma, et sentir la sueur mouiller ma chemise, rouler le long de mes tempes. Mon sac à main rebondit furieusement contre mes hanches. Les morceaux s'enchaînent. Industriels. Farouches. Petit pas, petit pas, petit pas. Vagues avec les bras. Petit pas, petit pas. Les minutes passent et repassent.

La salle grouille de corps qui s'arquent et se nouent. Soudain, je sens quelque chose céder en moi. Tous les « et si » me quittent d'un coup.

Une fille me tend son verre. Je ne sais pas ce qu'il y a dedans. Sans doute de l'alcool. Peu importe. J'y trempe les lèvres et le lui rend. Ce n'est pas désagréable. Je danse de plus belle.

J'enterre ma vie de jeune fille, sur une note bleu électrique.

Adieu banc de touche.

Arte povera

Je n'aime pas beaucoup l'été, ou plutôt je redoute les vacances. Juillet touche à sa fin, et bientôt je serai forcée de prendre trois semaines de congé. D'ordinaire je reste à Paris, dans une ville vidée de ses habitants, et je passe le mois d'août à orienter des touristes égarés vers Notre-Dame, le Louvre ou les sept cercles de l'enfer du forum des Halles. L'oisiveté me sied mal. Je ne sais pas trop quoi faire de moi-même. Cette année sera différente. Je dépends d'un autre.

Jérémy a suggéré que nous allions en Bretagne, à Pontrieux, dans la petite maison de ses grands-parents, avec sa petite sœur et son petit-ami. Je me suis dit que ça faisait beaucoup de « petit ». Ensuite, nous pourrions retrouver un couple d'amis à lui, dans le Sud, vers Montpellier. Il a parlé de grasses matinées, de barbecues, d'après-midi au bord de la piscine, de siestes crapuleuses, et j'ai dit oui sans songer à la sécheresse, aux incendies et à la terre craquelée où gisent des cadavres de cigales. La météo annonce des températures caniculaires, jusqu'à 42 degrés. Un été ardent que l'on présente déjà comme le plus supportable du reste de nos vies.

J'aimerais mieux rester en Bretagne, mais se construire une vie normale c'est aussi ça. Faire plaisir à Jérémy. Bronzer en lisant *Voici* sur une serviette de plage tandis qu'il hésite à voix haute sur le menu du soir, troublé par la transparence de mon maillot mouillé chiffonné sur mes petites fesses blanches.

Jeudi soir, il est parti avec des amis à un festival de musique, à Saint-Aubin-sur-Mer, en Normandie. J'ai préféré ne pas l'accompagner, prétextant une urgence publicitaire. « Tu travailles trop, mon chat. Vivement les vacances. »

Ce samedi est à moi, rien qu'à moi. J'en profite. Jérémy parle déjà d'emménager ensemble à la rentrée. Pourquoi pas. Nous deviendrions un gentil petit couple bien rangé.

En culotte, assise à mon bureau, je cherche un refuge réfrigéré pour m'extirper de la chaleur de ma studette. Le souffle migraineux d'un ventilateur brasse mes pensées. La piscine des Halles ? Bondée. Un cinéma ? Aucun film ne me fait envie. Une église ? Je pourrais me rafraîchir avec l'eau du bénitier, c'est vrai, mais je risque de me sentir à l'étroit au milieu de toute cette foi. Norma n'a-t-elle pas évoqué une exposition au Jeu de paume à voir « de toute urgence » ? Pourquoi pas. Avec un peu de chance le musée aura l'air conditionné.

Ça fait longtemps que je ne me suis pas retrouvée seule, vraiment seule. L'agence grouille de monde et le soir, je retrouve Jérémy rue des Envierges, dans son appartement témoin, où nous faisons ce que font les couples normaux. Deux jours par semaine, je « travaille à distance », pour reprendre l'expression consacrée. Pourtant, comme dit Norma, cette soi-disant « distance » est illusoire, intrusive même. Une fausse impression de solitude. C'est une manière pour A.T.K. de coloniser nos intérieurs à la manière d'un cheval de Troie. L'agence fait de nos appartements, autrefois inviolables, les succursales de son empire. Nous sommes persuadés que c'est plus agréable de rester chez nous, en pyjama, un mug de thé à la main, mais ce n'est là qu'une ruse pour mieux nous asservir. Parce que nous avons passé la journée devant l'écran d'un ordinateur portable, que nous nous sommes octroyé quelques pauses, nous ne rechignons pas, le soir, à répondre à un mail, à modifier un dossier, à finaliser une présentation PowerPoint. Il n'y a plus d'horaires, plus de séparation entre le travail et la vie car, répète Norma, « le travail, ce n'est pas la vie ». Le capitalisme aimerait que nous n'existions qu'à travers nos professions, que nous soyons définis par ce que nous produisons. « Ne travaillez jamais », a-t-elle fini par dire en reprenant un slogan attribué à Guy Debord, tagué en 1953 sur un mur de la rue de Seine. L'ennui, avec Norma, c'est qu'elle ne peut pas s'empêcher de toujours aller trop loin.

J'enfile un short et passe un débardeur sur ma brassière, prête à pédaler dans la fournaise pour rejoindre le musée du Jeu de paume, dans le jardin des Tuileries. Dehors, un air brûlant m'assèche la gorge. Je titube jusqu'à la borne Vélib', du soleil plein les cils, dans des odeurs d'urine et de mauvais shit. Vivement novembre et ses arbres jaunes aux troncs noircis par la pluie, reflétés sur les eaux du canal de l'Ourcq.

Un frein ne marche pas, l'assistance électrique du vélo est capricieuse. J'ai connu pire.

Boulevard de Sébastopol, des sonnettes furieuses me forcent à rouler près du trottoir tandis que des trottinettes me frôlent et me dépassent. Les voitures klaxonnent. La ville est à bout de nerfs. Paris supporte mal l'insolation. Tout est pesant, électrique.

Arrêtée à un long feu rouge, je reprends mon souffle avant de tourner rue de Rivoli, précipitée dans un tumulte de vélos aux trajectoires serpentines. Des piétons hagards traversent en dehors des clous, me forçant à freiner brusquement. Ils vont de boutique en boutique, les bras chargés de sacs Zara, Mango, Undiz, Monki, Urban Outfitters. Ce sont les mêmes qui s'épouvantent chaque fois qu'un post Instagram prédit la fin du monde. En 2050, il fera 50 degrés. Venise sera détruite, engloutie par les eaux. Peut-être qu'il ne nous reste que cela. Profiter de l'instant présent pour habiller l'angoisse, l'affubler de jolies lunettes de soleil en plexi et d'une minijupe inflammable. Ils courent dans tous les sens comme des poules décapitées. C'est eux, le consommateur moyen.

Dans quelques mois, et ils ne le savent pas encore, ils se précipiteront chez Sephora pour sentir un parfum dont ils auront vu la publicité sur Instagram, TikTok, et peut-être même dans la rue – s'ils voient encore des choses dans la rue. Happé par son téléphone, on ne fait plus attention à rien, ni aux passants ni aux panneaux d'affichage.

Cette publicité, c'est moi qui l'ai écrite, du concept au film. Le parfum s'appelle *Obsess*. L'idée était relativement simple : raconter l'obsession, en parfumerie, par un parallèle entre senteurs et mélodie. Un parfum peut être entêtant, comme une chanson. Le slogan s'est imposé tout seul : *Play it on repeat*. Un parfum, comme une musique, se compose de trois notes : la note de tête, la note de cœur et la note de fond. La première est volatile, superficielle. C'est celle du désir. L'introduction d'une chanson. La seconde donne du caractère au parfum, comme une signature émotionnelle ou un refrain. Enfin, la troisième fixe l'odeur dans le temps. Elle est aussi la plus nostalgique. C'est le *bridge*, le pont, la chanson dans la chanson. Des accords intermédiaires, obsédants. L'idée m'est venue lorsque je me suis rendu compte que j'avais écouté en boucle les deux mêmes chansons pendant plusieurs semaines. *Save the Last Dance for Me. Hasta siempre, Comandante.*

Je reconnais l'immeuble dans lequel nous avons visité le premier appartement, le jour du repérage, sous le passage couvert de la rue de Rivoli. Je vapotais avec Norma en attendant le réalisateur, son assistant, le photographe et l'équipe de production. Elle me racontait qu'elle aussi était passée à la cigarette électronique, pour « sucer RoboCop » et se rapprocher de son moi hétéronormé. Comme ils avaient un peu de retard, elle a passé dix minutes à me parler de son vendeur d'e-cigarettes. Un gros type barbu, sans doute puceau, qui passait son temps à la gronder, à la mansplainer. « Non, mademoiselle, il faut mettre le liquide dans la résistance. » Elle adorait ça. « Mademoiselle, vous fumez au lit ? Il ne faut jamais fumer au lit. » J'ai tout retenu de cette journée, chaque seconde, mot, parfum, couleur. Mes premiers pas dans le grand monde. Tandis que j'écarquillais les yeux, trimballée en van entre un appartement gigantesque, un hôtel particulier, un loft et une demeure rococo, Norma s'amusait à draguer le réalisateur en le bombardant de références cinématographiques. Mon scénario avait déjà été approuvé par les clients et la production alors je l'ai laissée faire. C'est son rêve de faire du cinéma, même si elle a honte de l'admettre. Elle réclamait des ralentis et des close-up à la Sam Peckinpah, tel plan tiré de tel film du réalisateur hongkongais Wong Kar-wai, un clin d'œil au film *Gummo* de Harmony Korine, la photographie du *Bad Lieutenant* d'Abel Ferrara, et le plus important pour elle : une date sur un miroir, comme dans le *Feu follet* de Louis Malle. « C'est entre une ex et moi », a-t-elle dit d'une voix rêveuse. Moi je prenais tout en photo, avec un professionnalisme émerveillé. Je me sentais à ma place. J'avais mérité d'être là. C'est moi qui l'avais écrit, ce film.

Pendant les deux journées de tournage, j'ai eu l'impression de goûter à ma nouvelle vie dans un hôtel particulier aux murs couverts de boiseries. Une enfilade de salons donnant d'un côté sur une cour pavée et de l'autre sur un grand jardin, au bout duquel se trouvait une maisonnette recouverte de lierre dont l'accès nous était interdit. Les lieux avaient été vidés de leurs meubles et réaménagés pour l'occasion. Il fallait enjamber des fils, et des rails étaient fixés au sol. D'abord intimidée par le nombre de gens qui s'affairaient autour de moi, je me suis très vite sentie appartenir à la mêlée. Mieux, je l'avais créée. Toutes ces personnes s'agitaient pour transformer mon scénario en images. Dans l'entrée, assise sur une banquette bleu nuit, Salomé rassurait les clients. À côté, dans un vaste salon, le réalisateur, le chef op, les assistants, techniciens et mannequins couraient dans tous les sens. On entendait des « ça tourne », « coupé » ou encore « merci de sortir du champ ». Une maquilleuse se précipitait pour repoudrer les modèles entre chaque prise. Assis devant une cheminée en marbre surmontée d'un grand miroir, des visages inquiets surveillaient le retour caméra sur un écran. Même Norma, d'ordinaire stoïque, avait l'air paniquée. Pas moi. J'exultais. J'avais l'impression de participer à une grande fête donnée en mon honneur, et si je reluquais un garçon en train de se changer dans les loges, c'était mon droit. Cet hôtel particulier du 16, rue Séguier était devenu mon royaume. J'en inspectais chaque recoin. Ici, un photographe et une directrice artistique de l'agence shootaient les *pack-shots*. Ailleurs on préparait la salle de bains pour la scène de la baignoire. Les yeux pleins de flashs, je déambulais dans un couloir, récupérais un Coca Zéro dans le mini-frigo de l'entrée, vapotais dans la cour, discutais avec un technicien, retrouvais Norma, échangeais quelques mots courtois avec Clothilde de Ménil, partageais un éclat de rire avec une fille de la prod. J'avais l'impression de n'avoir vécu que pour ce moment. J'étais enfin dans la « cour des grands » et certaine d'y retourner. Ce n'était pas un accident. J'avais mérité ma place. On ne me renverrait pas à la mine…

Je ne crois pas être jamais allée au Jeu de paume. Ah si, peut-être une fois, il y a longtemps, pour une exposition sur Diane Arbus avec un garçon. Il s'arrêtait devant chaque photo, me parlait des freaks et citait des tas de noms inconnus.

Si Norma ne m'avait pas donné un cours sur l'Arte povera, je me demanderais pourquoi un tas de cailloux trône au milieu de la première salle du musée, entouré de photographies abstraites en noir et blanc. L'Arte povera, m'a-t-elle expliqué, est un mouvement artistique italien apparu dans les années 1960, consistant à créer des œuvres dépouillées à partir de matériaux simples, à contre-courant de la débauche productiviste des artistes américains de l'époque et en réponse au pop art.

Cela ne m'empêche pas de lire le long texte écrit sur le mur, à l'entrée, boudé par les autres visiteurs. L'exposition que je m'apprête à voir reflète « l'extraordinaire richesse d'une période durant laquelle les artistes italiens se sont approprié le pouvoir narratif de la photographie, de la vidéo et du film. Elle dresse un panorama des expérimentations visuelles des avant-gardes italiennes de la période dans le domaine de l'image ».

Je commence mon tour, veillant à accorder la même attention à toutes les photographies accrochées aux murs. Je regarde d'abord le premier plan, puis l'arrière-plan, je recule, me rapproche, cherchant à imiter les quelques regardeurs qui circulent autour de moi. Comme eux, je traîne le pas, les bras dans le dos, la tête un peu penchée. Je me dis que chaque image renferme un mystère à pénétrer du coin de l'œil. Pourtant, je ne fais que me heurter à mon reflet qu'elles me renvoient toutes, inévitablement. J'ai beau persévérer, les œuvres me repoussent, elles me rejettent. On dirait qu'elles ne veulent pas de moi.

Jérémy considère que l'art, « ce n'est pas pour lui », comme si nous étions des briques de Lego et que certaines n'avaient pas été conçues pour s'encastrer dans telles autres. Au lieu de m'agacer, ce genre de remarque provoque en moi des élans de tendresse insoupçonnés. Ce n'est pas son honnêteté qui m'émeut mais plutôt l'assurance de cet esprit limité, étriqué, adorablement prosaïque. L'autre soir, je lui ai dit que je l'aimais pour la première fois. Un « je t'aime » sans grandiloquence, qui n'appelait aucune réponse. Il m'a embrassé le front en retour, visiblement ému. J'aurais aussi bien pu dire « Ne prends pas toute la couette ». Pourtant, là, tout de suite, face à ces images opaques, je me sens plus proche de lui que je ne l'ai jamais été. Le « geste créatif » se dérobe à mon intelligence. J'essaie de post-rationnaliser, mais en vain.

Au fond de la première salle du musée, une photo attire mon regard. C'est l'étrange portrait en noir et blanc d'un adolescent au visage poupin, mal dégrossi. Les sourcils se rejoignent. Le nez est épaté. La bouche épaisse. Le menton lourd. Dans ses yeux, à la place de l'iris, une autre photographie a été incrustée, lui conférant une beauté d'aveugle. Nous voyons ce qu'il voit : une avenue vide bordée de voitures garées. L'inquiétante tranquillité d'une ville déserte. Quelque chose d'effrayant, ne tenant qu'à un simple collage. Je ne peux détacher mon regard. Cette œuvre-là, mieux que la comprendre, je la ressens. Pourtant, les autres visiteurs passent devant sans la voir, comme si ce n'était pas elle, le clou du spectacle. Ils préfèrent inspecter des images glacées, abstraites, celles qui ne vous plongent pas dans des abysses d'incompréhension métaphysique.

Un frisson me parcourt. La transparence du verre réfléchit un visage qui n'est pas le mien. Une tête de sphinx auréolée de boucles argentées apparaît soudain derrière moi. Je n'ose me retourner. Je reste là, la main tremblante, incapable de bouger. Le visage se précise. Regard cerné, nez de rapace. Je sens un parfum chaud de patchouli et de vieux cuir. Cette odeur m'est trop connue. *Bel Ami* d'Hermès. Benjamin.

Nous nous faisons face sans nous voir, sur l'image miroir de cet adolescent aux pupilles masquées. Combien de temps encore avant qu'il se manifeste ? Temps mort. Incertain. Peut-être que ce n'est pas vraiment lui ? Peut-être que j'hallucine. Quel réconfort pourrait lui apporter une exposition sur l'Arte povera, au Jeu de paume, un samedi de juillet ? Mais ce parfum… Mes pensées me quittent. J'attends, je redoute la suite. Si c'est bien lui, alors aucun mot n'est plus possible. Juste le silence. Je peux rester longtemps ainsi, sans bouger, seule face à ce nous imprécis. À moins que…

Va-t-il gentiment m'appeler par l'un de mes surnoms, comme il le faisait autrefois ? Palomarre de marre. Palomarché conclu. Paloma foi. Palomasquée. Palomazette. Sans doute pas. Va-t-il enrouler ses bras autour de mes épaules ? Nous ne sommes pas de vieux amants réunis par la force du hasard. Ni romantisme ni lyrisme ne sont possibles dans notre histoire. Ni retour ni réconciliation.

Comment réagirait une fille normale ?

Une fille normale ne profite pas de la chute d'un ami pour abuser de lui et prendre sa place. Elle ne fait pas craquer le trou de ses chaussettes.

Peut-être finira-t-il par s'en aller. Ce serait mieux ainsi. Le chassé-croisé de deux souvenirs, un bref instant reflété sur une photo. Pourtant, le spectre demeure. Fixe. Accusateur.

J'aimerais m'oublier dans un souvenir mais mon esprit devient opaque.

Je pourrais jouer à le rencontrer pour la première fois. Mais un homme brisé est rarement joueur. J'imagine qu'il l'est, brisé. Comment pourrait-il en être autrement ? Clara l'a quitté. Elle souhaite élever seule leur enfant. Il n'a plus de travail. Ses initiales apparaissent encore sur la story de Balance ton agency, à la une. La profession l'a rejeté. Ses amis lui ont tourné le dos. Les autres, les quelques rares à être restés à ses côtés, ne lui sont d'aucune aide. Peut-être a-t-il fini par les décourager pour ne plus voir dans leurs yeux l'ami infréquentable et encombrant qu'il devenait. C'est pour ça, sans doute, qu'il n'a pas eu le cœur de parler à Salomé, de rassurer Jeff et Ludo. Le téléphone a sonné. Il n'a pas décroché. Il a peut-être sonné quelques fois encore, puis les appels ont cessé.

Sa présence muette m'est trop insupportable. Il faut que je parle.

— C'est une belle photo.

— Pas mal.

Oui, c'est la voix de Benjamin. Calme et profonde.

Je n'arrive toujours pas à me retourner, à le regarder droit dans les yeux. Ce serait moins difficile si moi aussi je pouvais me coller une photo sur les prunelles.

— Je ne m'attendais pas à te croiser ici, dis-je.

— Moi non plus.

Pourquoi ne peut-il pas être Benjamin ? Se comporter en Benjamin. Alléger la rencontre, faciliter les choses. Autrefois, il trouvait toujours une manière de contourner le pathos par une plaisanterie, un jeu de langage. Il était un chat, en société, il se déplaçait avec grâce. L'homme que je sens derrière moi est pesant. Même son souffle a une lourdeur mortifère.

— Tu ne veux pas aller voir ce qu'il y a en haut ?

— Allons-y.

Je m'attendais à ce qu'il me prenne la main, à un premier contact, mais Benjamin m'emboîte le pas, distant, alors que je pousse une porte vitrée et commence à monter l'escalier.

Nous marchons désormais côte à côte. Je cherche une œuvre à regarder, un point de fuite. Un torse d'homme est fixé à un mur, devant un projecteur qui lui donne chair. Des faisceaux lumineux diffusent une fragile humanité sur le silicone. Je fixe les tétons rosés, les quelques poils qui ombrent le sillon de la poitrine. Je feins d'être captivée, tourne autour, observe chaque détail du cou.

— C'est ton genre, dit Benjamin.

— Il n'a pas de tête.

— Justement.

La salle suivante n'expose que des tableaux peints sur de larges miroirs représentant des corps de femmes nues enchaînées par le cou. Nous nous contemplons un long moment, séparés par la peau jaune d'une prisonnière à l'air désabusé. Benjamin porte un jean blanc, un tee-shirt noir. Il me semble qu'il s'est épaissi. Il a la bouche molle, sous une barbe drue. Ses cheveux ont poussé. Les yeux tombent plus que jamais, comme s'ils allaient se décrocher de son visage. J'espère qu'il a gardé l'appartement de la rue Manin. C'est peut-être tout ce qu'il lui reste.

— Elle te plaît ?

— J'ai raté ma vie de lesbienne. J'ai essayé, mais rien n'y fait.

— T'aurais été une super lesbienne.

— Tu crois ?

Nous nous parlons parce qu'il le faut bien. Peut-être devrions-nous nous taire.

Sur le tableau d'à côté, un type en costume noir nous tourne le dos. On dirait que nous avons trouvé la bonne exposition pour nous croiser.

— Ça va ? je finis par dire.

— Pas trop mal.

— Le boulot ?

— Une amie galeriste cherchait un assistant.

— Sympa…

— Et toi ? A.T.K. ?

— Je survis. Y a quelques nouveaux. Et c'est bientôt les vacances…

Je ne peux pas lui parler de Clara ni du petit. Il reste encore une salle à voir. Une dernière. Ensuite, nous sortirons à nouveau de nos cadres respectifs pour mener nos vies respectives. Moi, celle d'une fille normalisée, qui vit normalement. Lui, tournoyant dans le vide en équilibre précaire.

Je préférerais qu'il prononce des mots cruels. Qu'il me regarde avec haine. Son indifférence me blesse. Benjamin accorde davantage de considération à la sculpture flasque, faite de cordes nouées, qui gît à nos pieds.

Avant l'escalier qui mène à la boutique de souvenirs du musée, un film est projeté sur un écran, dans un coin sombre. Benjamin s'arrête, absorbé par les images, l'air interdit. Je reste plantée à côté de lui. Derrière moi, je devine un mur et cherche à m'y adosser. Je tombe en arrière. Ce n'est pas un mur, mais une toile blanche fixée au plafond. Le temps de m'en rendre compte, il est déjà trop tard. Je tombe à la renverse et manque d'entraîner la toile. Benjamin me rattrape à temps, par le bras. Il retient la chute.

— Fais attention…

— Pardon.

Nous n'irons pas boire un café pour nous rappeler le bon vieux temps. C'est le dernier souvenir que je garderai de lui. *Hasta siempre, Comandante…*

À reprendre depuis le début

Encore dix-huit minutes avant l'arrivée du Noctilien. Margot Wilson ne pouvait-elle pas emménager dans un quartier normal ? Quelle idée de vivre dans le 14e arrondissement ? C'est loin de tout. Ce n'est même pas spécialement chic. Je savais que j'aurais dû partir plus tôt de chez elle. À une heure près, je pouvais encore attraper le dernier métro. Là, je vais devoir faire un changement pour rejoindre Belleville.

Je souffle sur mes mains pour les réchauffer. Après un automne particulièrement chaud, les températures ont chuté d'un coup. Le vent sec de décembre me mord les joues et fait couler des larmes glacées, noires de mascara. Je pleure de froid.

Trois types en doudoune me regardent d'un air circonspect en se passant une cigarette roulée. Trois bouffées chacun. J'ai compté. C'est vrai que je dois avoir l'air d'une petite princesse égarée. Ils ne peuvent pas savoir que mon smoking Zara et mon long manteau ont été achetés au rabais sur un site d'invendus. J'ai l'air de valoir cher. Mais seulement l'air.

Plus que quatorze minutes. Pourquoi ne suis-je pas rentrée en taxi avec Norma ? Elle a même proposé de me déposer rue des Envierges, ma nouvelle adresse depuis que j'ai laissé Jérémy me convaincre d'emménager avec lui, en septembre. Ses parents nous ont prêté leur voiture pour le déménagement. Je revois ma studette du passage Brady encombrée de cartons. Les meubles ne m'appartenaient pas. Ils étaient déjà là à mon arrivée. Je n'ai pas emporté grand-chose : des tas de vêtements, une trousse de toilette, un mug, un ordinateur portable et des câbles emmêlés, une valisette remplie de photos Kodak, quelques documents importants, des livres, des préservatifs collector dont je n'avais plus l'usage, des bougies parfumées, un coussin. Les langueurs d'un quotidien solitaire. Tout ce qui pouvait attester d'un passé, d'une identité, jusqu'à la dernière mise à jour. Les premiers temps, la cohabitation m'a fait un drôle d'effet et puis je m'y suis habituée. Jérémy est un garçon attachant. Le voir vivre est une expérience nouvelle, un poste d'observation inespéré pour comprendre le consommateur mâle moyen. Ses petites habitudes, ses petits agacements, ses petits espoirs, ses petits riens.

Qu'est-ce que j'en attendais, de l'incroyable Noël de Margot Wilson ? Un miracle ? Je reste là, à faire les cent pas devant l'abribus en priant pour que quelqu'un se lève et me cède sa place sur le banc.

Je me demande bien ce que je vais pouvoir raconter à Jérémy. Quand je lui ai montré le carton d'invitation, il s'est empressé de l'accrocher sur la porte d'entrée à l'aide d'un gros aimant. Il était fier. Margot Wilson m'avait invitée chez elle, dans sa maison, pour fêter Noël, un 22 décembre. J'allais rencontrer des gens importants, peut-être même des célébrités. Après tout,

Margot Wilson appartient autant à la grande famille du cinéma qu'à celle de la publicité. Elle a grandi entourée de réalisateurs, d'acteurs, de personnalités médiatiques en tout genre. Elle allait me présenter à tous ces êtres merveilleux. J'allais entrer dans son cercle. Pendant des semaines, nous avons imaginé ensemble à quoi pouvait ressembler sa maison. Jérémy était persuadé qu'elle occupait un genre de triplex futuriste, comme un emboîtement de grands espaces dépouillés, avec sol chauffant et gros canapés blancs. Moi je voyais plutôt un intérieur grand-bourgeois, attestant d'un bon goût héréditaire. Quelque chose de rassurant, des lustres en cristal, des couleurs douces. Un endroit qui sentirait bon le sapin, la clémentine, la richesse. Peut-être une salle de cinéma au sous-sol, et une grande bibliothèque au dernier étage. Margot Wilson n'a sans doute pas le temps de lire, mais ça ne doit pas l'empêcher de trouver la compagnie des livres agréable. Posséder des morceaux d'éternité est rassurant face aux injonctions du présent continu.

Jérémy sera déçu d'apprendre que j'ai passé la majeure partie de la soirée à vapoter dans le jardin, ne faisant que de brefs allers-retours à l'intérieur pour récupérer un Coca Zéro sur la table du buffet. Tout ça pour ça.

Le pauvre. Et dire qu'il m'a aidée à me préparer, en petit ami dévoué. Il n'a même pas demandé pourquoi l'invitation n'était destinée qu'à une seule personne. Et ça lui allait très bien de jouer à la console en imaginant sa petite fiancée séduire des messieurs importants, avant de lui revenir, triomphante, « pleine d'usage et de raison ». Jérémy a compté les minutes, dix en tout, pour que je ne garde pas trop longtemps le masque d'argile sur mon visage. Des rougeurs disgracieuses auraient pu apparaître. Ça lui faisait plaisir d'enduire mes jambes de crème hydratante, d'appliquer un vernis foncé sur mes ongles, de me tendre un rouge à lèvres. « T'es belle », m'a-t-il dit alors que j'enfilais le pantalon de mon costume. Il a remis en place mes cheveux décoiffés par le passage de la chemise. Je l'ai laissé choisir mes boucles d'oreilles et m'apprêter comme pour le bal des débutantes.

À l'agence, je n'ai parlé à personne du carton d'invitation. Je craignais de faire des jaloux. L'ego du publicitaire est un objet fragile, à manipuler avec la plus grande précaution. Rabaissé par le client, exploité par les membres de la direction, il ne se sent pas moins « un talent », un vendeur de rêves sans qui cette machine infernale ne pourrait fonctionner. Il fait la fierté du système. Ce sont ses idées que l'on vend. Il crée des biens intellectuels. Aussi, il a besoin de se sentir spécial pour continuer de fonctionner. Sinon il s'écroule, et il se rend compte que rien ne tombe avec lui. On le remplace, c'est tout. Je ne voulais pas déstabiliser un écosystème précaire par de la vantardise infantile. Moi, j'étais passée de l'autre côté, celui des puissants.

Bon, il arrive ce bus ? Je ne voudrais pas me coucher trop tard. Demain, j'ai rendez-vous à 9 heures avec les filles de la stratégie. Elles préfèrent que nous discutions face à face. Les idées passent mieux. Une maison de prêt-à-porter italienne, célèbre pour ses costumes sur mesure, vient de signer une nouvelle égérie, mais il leur manque une histoire vendeuse. Une belle gueule connue ne suffit pas. Il faut un message. Qu'est-ce que je vais bien pouvoir faire dire à Brad Pitt ?

Quand je me suis enfin décidée à partir, après une overdose de Coca Zéro, la femme de ménage philippine de Margot Wilson m'a tendu un petit sac en papier blanc avec des rubans. Je n'ai pas regardé ce qu'il y avait à l'intérieur. Sans doute des échantillons de produits de beauté, marqués des sceaux de nos clients. Un mini-rouge à lèvres, une petite palette d'ombres à paupières, un parfum miniature. Je plonge la main dans le sac, farfouillant entre les cartons d'emballage. Je ne m'étais pas trompée. J'en sors un échantillon du flacon d'*Obsess* et me parfume le poignet, que je porte aussitôt à mon nez pour le sentir. Je découvre son odeur pour la première fois.

Il pue la déception, voilà ce qu'il sent ce parfum. *Play it on repeat* était bien trouvé. Je suis un putain de génie. Toute ma vie résumée en une phrase. Rejoue ton échec en boucle. L'échec de cette soirée. L'échec de mon premier film publicitaire qui, une fois monté et approuvé par le client, a perdu son âme, ses aspérités. Je n'ai presque rien retrouvé du scénario original. Il n'en restait que le slogan, et le *packshot* final. Pourquoi faire appel à un concepteur-rédacteur quand une intelligence artificielle pourrait produire la même chose, à moindre coût et en des temps records ?

Les trois types ont fini leur clope. Ils ouvrent une canette de 86 en rigolant. L'un d'eux me jette un regard désolé, comme s'il devait m'apprendre que nous appartenons au même monde, et que ça lui brisait le cœur. Désolé, princesse, mais toi et moi, on va monter dans le même bus.

Le voilà enfin. Je monte sans valider. Toute les places sont prises. Je n'ai plus qu'à me tenir à la barre en espérant ne pas valdinguer à chaque coup de volant. Travailleurs, clochards et adolescents éméchés sont parqués là, coude à coude, dans ce purgatoire motorisé.

Je ne suis pas obligée de mentir à Jérémy. Déjà, je commencerai par lui dire que j'avais raison. Margot Wilson occupe un ravissant hôtel particulier aux airs de maison de poupée bucolique, entouré d'un jardin anglais empli de statues. Il y avait un grand sapin, dans le salon, avec des guirlandes fantaisie : hamburgers, frites, sodas… J'ignorais ses penchants kitch. À mon arrivée, une dame m'a ouvert la porte et m'a indiqué où poser mon manteau. Margot m'a saluée de loin – elle était au téléphone – et Norma m'a entraînée vers le buffet, une coupe de champagne dans une main, une assiette en carton dans l'autre.

Oui, c'est ça, il faut s'en tenir aux détails. Margot portait un élégant ensemble de velours rétro, dans les tons orangés, et un col roulé. Je sais que Jérémy posera la question. Des adolescentes égarées descendaient parfois le grand escalier de l'entrée, en quête de victuailles, avant de remonter fissa à l'étage. Suzette, la fille de Margot, recevait des amis qu'elle envoyait en mission à sa place, préférant sans doute rester recluse dans sa chambre. Elle n'est pas venue présenter ses hommages aux invités de sa mère, pourtant tous abonnés à sa chaîne TikTok. Nous n'en valions peut-être pas la peine.

Jérémy ne se contentera pas de si peu. Il réclamera des anecdotes, des conversations, des rencontres… Comment le tromper ? Je pourrai toujours faire durer le suspense.

Norma le fascine. Il ne l'a jamais vue, mais chaque fois que je mentionne son nom, je sens son intérêt grandir. C'est vrai qu'une jeune lesbienne bourgeoise et anticapitaliste qui travaille dans la pub, ça a de la gueule. Du jardin au salon, du salon à la salle à manger, de l'entrée au jardin, elle m'a tenu un long discours sur l'avenir de notre métier. Avec l'inflation, certains clients ont réduit leurs budgets quand d'autres ont carrément demandé le divorce. La fin est proche, m'a-t-elle dit. Bientôt, il n'y aura peut-être plus d'agences de publicité. Comme toujours, elle exagère. De toute façon, Norma n'attend que ça, que le paquebot coule et que Margot se noie cramponnée au navire, incapable de lâcher la barre. Elle ira lire Marx sur sa tombe. Moi, c'est plutôt *Candide*.

Tout cela n'intéressera pas Jérémy. Il aurait fallu qu'elle fasse un discours public, devant tout le monde, pour qu'il y voie matière à récit.

Ah, je sais. Je pourrai lui dire que Salomé m'a annoncé sa démission. Elle tenait à ce que je sois la première à l'apprendre. Après son tour du monde, une chasseuse de têtes l'a contactée pour lui proposer un poste de directrice commerciale dans un média. Elle ne pouvait pas refuser. Je l'ai serrée bien fort dans mes bras en lui disant que j'étais heureuse pour elle et qu'elle allait me manquer. De toute façon, je sais qu'elle reviendra, elle aussi. D'ici à quelques mois, peut-être un an, je la verrai traverser l'open space du quatrième est, en quête d'un visage familier.

Est-ce que c'est vraiment ce que j'ai envie de dire à Jérémy ? Je peux mieux faire. C'est mon métier, après tout : enjoliver les choses, n'en montrer que la face désirable.

Plus tard dans la soirée, une commerciale m'a invitée à danser. Peut-être que ça l'amusera. Main dans la main, autour du sapin, veillées par les œuvres d'art accrochées aux murs, nous avons twisté sur des chants de Noël vieillots, applaudies par nos camarades.

Nos camarades… Il me demandera qui d'autre Margot avait invité et alors je serai bien obligée de tout lui avouer. Il n'y avait que nous. Le petit personnel. Pas de stars. Pas de gens importants. Seulement nous, « les petits, les obscurs, les sans-grades ».

Une bande braillarde monte dans le bus. Des supporters de foot. Leur équipe a gagné et ils veulent partager avec nous leur bonheur fou. Et un, et deux, et trois… zéro ! Zéro pointé.

Jérémy sera déçu. Il aura l'air déçu. Je le vois déjà me caresser la joue en me demandant s'il y avait au moins de bonnes choses à manger. Oui, plein. Une table couverte de petits fours, de salades, de saumon, de foie gras, de champagne, de vin. Je n'avais pas très faim. J'ai picoré quelques carottes naines et englouti un ou deux morceaux de pain. Les autres empilaient dans des assiettes en carton toutes sortes de victuailles qu'ils dévoraient avec joie. Très vite, tout le monde parlait la main devant la bouche pour éviter de s'empester mutuellement. Saumon et champagne n'ont pas pour vertu de rafraîchir l'haleine.

Les supporters s'excitent. Une grand-mère rouspète. Les trois compères de tout à l'heure ont renversé leur bière par terre. Plus de monde monte à chaque arrêt, tant et si bien que je me serre entre des blousons de cuir, des doudounes, et une veste maculée de pellicules.

Par la vitre, je regarde des rues inconnues défiler sous mes yeux. Belleville est encore loin.

Brad Pitt. Qu'est-ce que je vais bien pouvoir faire de lui ? La marque vend des costumes sur mesure et incarne une certaine idée du chic à l'italienne. Les filles de la stratégie ont répété plusieurs fois le mot *sprezzatura*, une forme de nonchalance affectée, le summum du raffinement. Une vieille obsession me revient en tête, à laquelle je pensais avoir renoncé. J'imagine un homme nu. Un paquet de chair et d'os, semblable à celui recroquevillé sur mes draps en Liberty, il y a une éternité de ça. Brad Pitt pourrait poser dans le plus simple appareil, devant un fond noir, un sourire en coin, comme un défi… Et le slogan ? *Risk a little levity*. Osez la légèreté. La légèreté est un risque. Pourquoi pas ? Brad Pitt n'acceptera jamais. Et l'idée n'arrivera même pas aux clients. Elle sera rejetée avant. Je peux toujours essayer. Je dirai que le costume est léger, qu'il est comme une seconde peau, ou bien qu'il est iconique et qu'il n'est pas nécessaire de le montrer…

Allez. Courage. Encore trois arrêts avant de retirer mon déguisement et de me glisser dans le lit conjugal, auprès de Jérémy.

J'ai récemment appris ce que signifiait « *Lorem ipsum dolor sit amet* ». Ce fragment est issu d'un texte de Cicéron, quelque peu altéré. La version originale pourrait se traduire par : « Personne n'aime la douleur en elle-même, ne la recherche et ne la souhaite, tout simplement parce qu'il s'agit de la douleur… »

Dehors, mon regard est attiré par les panneaux publicitaires sur les arrêts de bus, les kiosques à journaux, les murs, entre les immeubles. Je me galvanise de leurs promesses. Une peau parfaite. Une belle voiture. Des vacances de rêve. La jeunesse éternelle. La liberté dans un pot de yaourt. Qui ne voudrait pas cela ? C'est le monde auquel j'appartiens. Si voluptueux. Si désirable. Si généreux. Tellement bon. Un monde idéal, qui nous veut des biens.

J'aperçois au loin, dans un flash, une affiche que je ne pensais pas croiser ce soir. Une bague apparaît, gigantesque, accompagnée d'un slogan : *Vos bijoux parlent pour vous*. Je n'ai pas le temps de lire le texte en petit à côté de la bague. Les mots que je lui ai prêtés, il y a quelque temps déjà. Je lui souris tendrement, comme à un premier amour. Nous nous sommes connues. Nous nous sommes reconnues. Un bref instant.

Ce n'était pas si mal, finalement, cette soirée. J'ai eu des cadeaux. J'ai dansé. J'étais avec mes semblables. Margot n'y est pour rien si j'avais imaginé autre chose. Non, vraiment, c'était chouette. La Reine Margot nous a gâtés, brave Margot.

Bientôt, une nouvelle année commencera.

Et si ?

Lorem ipsum dolor…

Remerciements

Charles
Vincent
Abdel
Valentin
Nadège
Delphine
Les Étoiles

Composition : Facompo, Rouen

Pour plus d'information :

www.lisez.com

Imprimé sur du papier issu de forêts gérées durablement.

Achevé d'imprimer par
Normandie Roto Impression s.a.s.
61250 Lonrai (Orne)
N° d'imprimeur : 2404993

Imprimé en France